COBALT-SERIES

超心理療法士「希祥」

インランド・シー

さくまゆうこ

集英社

目次

超心理療法士「希祥」インランド・シー

上月《こうづき》　創《はじめ》
若きエリート心療医。担当患者・妃七のセラピーを頼んだことから希祥と親しくなる。
佐伯妃七《さえきひな》
製薬会社社長令嬢。自宅に放火して心療科を受診した。Eサイコ能力の目安となる「ISQ（直感指数）」が高い。
超心理療法士「希祥」
インランド・シー
主要登場人物

苑美《そのみ》
希祥の姉。実験のせいで心を閉ざした状態になったまま入院中。
F・シェルドン・ジュニア
行方不明だったシェルドン博士の実の息子だというのだが…？
シェルドン・M・希祥《きしよう》
サイコシンセという特殊な楽器を使って画期的な心理療法を行うEサイコセラピスト。孤児だったが、実姉と一緒にEサイコ学の権威・シェルドンの養子となる。

イラスト／北畠あけの

超心理療法士「希祥」

インランド・シー

海岸でもないのに、貝があった。
ここは病院の廊下。
白衣を着た若い医師が、足元の貝を拾いあげる。
彼はふと、焦茶《こげちゃ》の瞳に優しい笑みを浮かべた。
少年のころを思いだす、なつかしい潮の薫《かお》り。
綺麗《きれい》な海色の二枚貝。打ちよせる波のような模様。
どっちが表だろう？　と、医師——上月創《こうづきはじめ》は貝をひっくり返した。
しかし、何度ひっくり返しても、貝はどちらも「表」。
貝に裏はない？　そうだったっけ？
裏ってどうやって見つけるんだっけ？
上月は、何度も何度も貝をひっくり返した。
表しか見えない。
おかしいな？

一　同志歴、四カ月

「こら上月《こうづき》！　医者が眠ってどうする⁉　いい加減起きろ！」

上月はハッ！　と目覚めた拍子《ひょうし》に、椅子の肘《ひじ》掛けから肘を落とした。

ガクン、と身体が傾いて、大慌《あわ》てする。

「す、すみません。希祥《きしょう》さん……サイコシンセの音を聴くとついつい眠って……え？」

周囲を見回して、上月はようやく「あれ？」という顔をした。

目の前に立って舌《した》を出しているのは、ライトグリーンのワンピースを着た少女だ。

「び…びっくりさせないでよ、妃七《ひな》ちゃん。マジ、希祥さんに怒鳴られたかと思って……」

覚醒《かくせい》しきらない頭を抱《かか》え、上月は、ほ～っと安堵《あんど》の吐息《といき》をもらした。

仕事中はキリッとしまった聡明な顔も、寝起きとあっては形なしだ。着ている上品なグレーのスーツも、これでは張り合いがない。

「えへへ。本当に希祥だと思った？　でも、一発で起きたでしょ？」

希祥のモノマネをして上月を叩《たた》き起こした少女は、安堵する上月を見下ろして、クスクス笑っている。

無邪気《むじゃき》なイタズラで、待ち合わせの相手を翻弄《ほんろう》した佐伯《さえき》妃七は現在、中学一年生。

薄いルージュに天然のチーク。豊かな長髪は毛先だけカールしていて、髪どめの細いヘアバンドはワンピースと同系色のグリーンだ。

やっていることは中学生（以下？）だが、容姿は立派なレディ。

このギャップが妃七の個性なのだ、といえば聞こえはいいが……じゃじゃ馬、お転婆《てんば》という名詞も彼女のためにある。

ここは、東京郊外《とうきょうこうがい》にある「ラボ」――Eサイコ能力開発研究所2F。特設サロン前ロビー。

通常は一般人は入館できないラボも、今日はセラピー会場とあって、出入り規制がずいぶん緩和《かんわ》されている。上月もこういう日でなければ入館できない、一般人の一人だ。

エレベーターの扉の前、受付用の机には、シックな壺《つぼ》に生花が飾られている。

クリーム色の壁。ピンクとベージュを織り交ぜた、幾何学《きかがく》模様の絨毯《じゅうたん》。

淡いベージュ色のソファが、窓際と壁際に設置してある。サロン自体百席ほどの規模なので、ロビーもこぢまんりしているが、とても落ち着いた雰囲気《ふんいき》だ。

ラボはひと昔前、「超能力」と呼ばれた力を科学的に研究、開発するため、2042年に設立された国家機関だった。

このEサイコ能力を心のケアに役立てる「Eサイコセラピー」は今、最も注目されている新しい医療分野だ。心が病《や》んだ原因……「心因《しんいん》」をEサイコ能力で見つけだすことができるのだ。

心の治療は、心因がなんであるのかを徹底的に追及するところからはじまる。しかし、その心因を本人が意識していなかったり、ショックが大きすぎて、自衛のため忘却《ぼうきゃく》している場合があるのだ。

その、忘却してしまった記憶を、無意識界から拾いあげる。

Eセラピーとは簡単にいうとそういうものだ。

Eサイコセラピストの出現で、原因不明の心の病《やまい》は存在しなくなったといっていいだろう。

今日のサロンセラピーの主人公にして、世界に名だたるEサイコセラピスト「奇跡の希祥」。

友人、と軽く口にだすのも面映《おもは》ゆい有名人のアポがようやくとれたので、上月はセラピー終了後妃七と三人で食事へいく計画を立てたのだった。

妃七のほうは、目下、ラボ開発部門の研修生。ラボの正式な入所許可証を持っている、正真《しょうしん》正銘《しょうめい》のEサイコ能力者だ。希祥のようなEサイコセラピストを目指すようになって、はや四カ月が過ぎようとしていた。

「先生、お疲れね。大丈夫？」

上月の横に座った妃七が、目をしょぼしょぼさせている上月の顔を覗《のぞ》きこんだ。

「ん……ちょっと最近、ね」

「病院、忙しいの？」

上月はN医科大学付属病院の心療科医師だった。人々の心の病を、従来の心理学・心療医学の観点から分析し、治療している。つまり、心のお医者さんだ。

心療医学は歴史が古いだけに、最近台頭してきたEサイコ学やEセラピーとは、犬猿《けんえん》の仲。いや、商売敵《がたき》か？　どっちにせよ、こんなところに足を踏み入れる心療科医は、隠れキリシタンのような存在だ。

その上月のことを「先生」と呼ぶ妃七は、以前、上月の担当していた「相談者」で、希祥と上月は、この妃七のセラピーの関係で知り合ったのだった。ところが精神世界に寄生する「無《む》魔《ま》」という凶悪な精神生命体から、人の意識界を守るというとんでもない事件に巻きこまれ、それ以来、三人は共同戦線をはった「仲間」として親交を深めている。

「ね、先生、どんな夢見ていたの？」

と妃七は、疲れの隠しきれない上月に尋ねた。「私に話してごらんなさい」と言わんばかりの、自信ありげな態度だ。

２０４７年現在、心の病は「21世紀の慢性病」と言われるようになっていた。その治療にあたる「心療科」といえば、内科や外科より「リターン組」が多いという特徴がある。

三大成人病の画期的な治療方法があるのに対して、心の病だけは画期的な治療薬がないというのが、人数の減少しない理由でもあった。

心療科の医師にとっては、一日、五時間の睡眠を労働基準法のなかで認めてもらいたい、つらい時代だ。

最近、ずっと寝不足である上月は、目頭《めがしら》を指でもみながら呟《つぶや》いた。

「ん～、貝が出てきたかな？　病院の廊下で拾ったんだ。綺麗な貝でね。表と裏を調べるんだが、表しかないんだ。ない、ってのも変なんだけど、表しかないな、って感じているんだ」

ロビーには、かすかに音楽が流れている。

BGMではない。今、サロンで行われている希祥のEセラピーの「音」が漏《も》れているのだ。

催眠《さいみん》効果の高い、サイコシンセの音のせいで、上月はまだ夢うつつだった。

サイコシンセ――それは、希祥だけに操ることが許された、療養楽器だった。

クリスタルのような輝きをはなつ、小型のパイプオルガンのような楽器で、言葉で語れない甘美《かんび》な音と、幻想的な光のホログラフィーで人々を夢の世界へ導く。

セラピーを受けにきた人々は、その「夢」で具象化された心の傷、「心因」を発見するのだ。

これを心因投影夢といい、上月が見た夢も、ただの夢ではない。意味のある夢なのだ。

「それって、先生、やばくない？」

と妃七は友達の相談に乗るような口調で返した。先生とは呼ぶものの、妃七の治療はとっくに終了している。今はお互い、仲間意識のほうがはるかに強い。

「そうなの？」と今日は逆に、上月が相談者のような顔をしてきき返した。

「『貝』はね、余計なことに口を挟《はさ》まず、黙って流れに身を任せろって意味なの。先生、古林《ふるばやし》先生とうまくやってる？」

ズキッ！　と上月の胸が痛んだ。

先日、「心療科医でありながら、Eサイコ学に精をだすとは一体、どういうつもりかね？」という恩師、古林名誉教授とちょっと口論してしまったのだ。

上月の恩師であり、心療医学界の権威《けんい》、古林教授は大のEサイコ学嫌い。自分の弟子が、Eサイコ学の砦《とりで》「ラボ」と接点を持っていることが、まったくもって気に入らないのだ。

超能力や霊能力などと呼ばれていた代物《しろもの》と、心理学、精神医学の集大成である総合心療医学とでは、格が違う、というのが古林教授の言い分だった。

「うっせ～んだよ。化石思想で心が治せるか。治りゃどんなテ使ってもいいんだよ、ば～か」

というのが、Eサイコ学の権威、希祥・M・シェルドンの言い分だ。

言葉のセンスはからっきしだが、上月もそれに共感している。

手法を選ぶ時代ではない。

なんとかして、人の心の荒廃を食い止めなければ。

一分でも早く、心の痛みが治る方法を見つけなければ。

古い格式や風潮、派閥《はばつ》を重視している時代ではないのだ。――――と言って、恩師の逆鱗《げきりん》に触《ふ》れたのは三日前だった。恩師の城とも言える付属病院で働く上月は、以来、少々肩身の狭い状況に置かれているのだ。

「それからね先生、『表しかない』って言ったでしょ？　それも大問題よ。裏側が見えないってのは、他人に自分の一面しか見せていない、って意味なの。うまくストレスを発散しないと、いつかガマンも限界、キレるわよ」

グッサ――――！

ズバズバ言われて、ショックを隠せない上月の横で、妃七は「う〜ん」と医者のように考えこんでいた。Eサイコセラピストを目指しているだけあって、妃七の「夢診断」の腕もずいぶん上がってきたようだ。

「先生、真面目《まじめ》すぎるのよ。手の抜き方おぼえなきゃ、いつか自分が病気になるわ。こういうの医者の栄養不良、ってのよね？」

「……不養生《ふようじよう》、じゃない？」

「そうだっけ？　栄養不良のほうがわかりやすくない？」

「はは……」

妃七は上月のセラピーを実際に受けた人間だ。諺《ことわざ》は知らないが、上月の人柄や、やり方はよく知っている。

上月は相談者に誠実で、自分にも誠実な医師だった。一生懸命にやらないと、すっきりしない性分なのだ。一生懸命でないと、自分らしくなくて気持ちが悪いとさえ感じる。当然、「いい医師なのよ」と相談者の評判も高い。だから、自然と相談に来る人の数も多くなっている。

ありがたいことだと知っているのに、上月の抱えるストレスはうなぎ登りだった。

「一面しか見せない……か」

と上月は独《ひと》りごちた。

医師が相談者にグチを言うわけにはいかない。一面しか見せないのは、当然だ。

ホッと疲れを吐息《といき》にかえた上月に、妃七が言った。

「一度、希祥に手の抜き方、習ったら？　あいつ、そのあたり、うまいわよ。ラボの会議なんか眠ってるか、さぼってるかだし、人にうまいこと雑用、言いつけるし、適当に切りあげて帰るしね。そんな態度でも、誰にも文句言わせないのよ」

それは文句を言うと、倍返しにあうからだろう？　と上月は思った。

希祥の口の悪さは天下一品。ラボでは「触らぬ希祥に祟《たた》りなし」とささやかれている。

弱冠《じゃっかん》二十歳《はたち》にして、「奇跡の希祥」と呼ばれる力がありながら、性格のほうはキリストの足元にも及ばない。

短気で粗暴。いったん、怒らせたら、手がつけられなくなる。だから、誰もなにも言わないのだ。

ラボの所長だった兼之沢《かねのさわ》が唯一、希祥に勝手を許さない人物であったのだが、彼が急逝《きゅうせい》してからというもの、希祥は鎖《くさり》をとかれたティラノサウルスのようにふるまっているのだった。

実力や知識力からいっても、希祥の上にたつのは、容易なことではない。

だから今、ラボは所長空席の状態だ。だれも嫌がってやりたがらない。

ラボの職員の望みはただ一つ。

ティラノサウルスの首に再び鎖をつけることのできる逸材《いつざい》がやってくること。

あるいは、ティラノサウルス唯一の天敵、妃七サウルスが、大きく成長してくれること。

佐伯妃七だけが、希祥にタメで話せる人物で「ずるいわ！ 希祥」と怒鳴れる人物だったのだ。もっとも今のところ、「うっせ〜！」の一言で追いやられているので、「成長」がひそかに期待されているに留《とど》まる。

「そろそろ終わりね。先生、楽屋へ行こう」

と妃七がピョンと立ちあがった。

二人で話しているうちに、音楽はとうに止《や》んでいる。

今頃、相談者はカウンセリング用紙に、夢の内容を書いているところだろう。

これを妃七がやったように「夢診断」すると、心因が判る。それを参考に、どうすれば心が癒《い》えるのか？ を明日から模索するのだ。Eセラピーとはいえ、心の治療に「画期的」というものはありえない。心は目に見えないし、触れない。そしてとてもデリケートなものなのだ。

上月は妃七に促《うなが》され、楽屋へ向かった。

楽屋へつづく細い廊下を曲がるとき、いきなりサロンの扉が開かれた。

出てきた女性と上月の肩が、軽くぶつかる。

ヨロッと女性がバランスを崩《くず》して、上月が咄嗟《とっさ》に腕を支えた。

地味なブラウンのスーツを着た、三十歳前後の痩《や》せた女性だった。

「あ…」

謝ろうとしたのか、上月は口を開きかけて、すぐに口を閉ざした。

女性は、その上月の腕からさっと身を退《ど》けると、出口に向かってそそくさと歩きだした。

上月が、やや遅れて楽屋口へ一歩踏みだす。

「?」

妃七は怪訝《けげん》に思った。普段の上月なら、たとえ知らない人とぶつかっただけでも、もっと優しい態度をとるはずなのに……。

「ね？　先生、お知り合い？」

思い切って、妃七はそう尋ねてみた。

他人行儀《ぎょうぎ》な態度が、他人ではないと、告《つ》げている気がしたのだ。

「ん……いや」

上月はあいまいな返事を返した。

おかしいな、と妃七は考えこむ。

急に空気が冷えた。ほら、まるで失恋した相手とバッタリ再会してしまったように。

ううん、もっともっとヒンヤリしていたわ。

Eサイコ能力者だけあって、妃七は空気の流れに敏感だった。

でも聞きだせない、聞きだしてはいけないような空気も、妃七は感じていたのだった。

＊

側面が鏡になった小さな楽屋で、希祥はぶったおれていた。

ソファに寝転がっている白い顔は、普段以上に白く見え、乱れる漆黒《しっこく》の髪が、その上に覆《おお》い被《かぶ》さっている。

それがまた壮絶に美しい、と表現する人がいるかもしれない。が、上月には詩的な表現力はなく、「大丈夫かな?」と医者として友人の健康状態を危惧《きぐ》したのだった。

Eセラピーは、重労働なのだ。身体《からだ》より精神に大きな負担をかける。

即興演奏という技のもたらす負担も大きい。場所と場合に応じて、希祥がサイコシンセで奏《そう》する音楽は変化する。練習してそれを披露《ひろう》するというコンサートや発表会とは、根本的に違う。

そのなかで、心は常に「無心」を強要される。主観を殺さなければ、人の夢にも希祥の主観が入りこむ。そうなると、正しい心因は摑《つか》めず、セラピーは大失敗に終わる。

ただでさえ繊細《せんさい》で、常人の十倍は過敏な神経をもつ希祥。サイコシンセは彼にしか弾けない、とはいえ、おあつらえ向きと言うには忍びない面もあった。

「微熱がありますね。大丈夫ですか？」

ソファに足を投げだしている希祥に近づいて、上月は彼の額《ひたい》にそっと手をそえた。

疲れ具合が以前よりひどいように思えたのだ。

希祥はその手を煩《わずら》わしそうに払い、一つ欠伸《あくび》した。

「いつものことだよ。……ったく、勝手にさわるなよ」

すみません、と上月は返した。が、妃七はムカッとして言い返した。

「なに、その態度！　せっかく上月先生が心配してくれてるのよ」

「お前、うるせ～んだよ！　耳元でキーキーわめくな」

「あのね、世界的に偉くっても、偉そうじゃない人のことを、偉人っていうの。学校の先生がそう言っていたわ。あんたまだ、偉人未満ね。ニンジンぐらいじゃない？」

「へ、下手な駄洒落《だじゃれ》で喧嘩《けんか》売ってんじゃねぇ～！」

と希祥が上半身を起こして、甲高《かんだか》い声で叫んだ。まあまあ、と上月がその希祥を抑える。

希祥と妃七はいつもこんな調子だ。仲裁《ちゅうさい》は上月の役割と決まっている。

だから、険悪なムードに見えても案外、これがいつも通りなのだ。

希祥は、口ではひどく罵《ののし》るが、それは口先だけだと二人ともよく知っている。

よく観察すれば、妃七の下手な駄洒落に赤面していることにも気づくことができる。

彼は色んな意味で天《あま》の邪鬼《じゃく》で、表面に現れることと内心が、いつもうらはらなのだ。

怒鳴っているが、その実、恥《は》ずかしがっていたり、困惑していたり……

強がっているときは、落ちこんでいるとき。

無表情なときは、悩んでいるとき。

弱みを見せるぐらいなら死ぬ、と豪語するタイプだから、泣きたいときは、自分の世界に閉じこもって泣く。希祥とはそういう男だった。

つけ加えておくと、無愛想に見えて子供好き。余暇《よか》は養護施設を慰問《いもん》し、ボランティアでピアノを弾いている。そして無類の喧嘩好き。売られた喧嘩は絶対、買う。とまぁ、どこまでもうらはらな男だった。

「ったく、少しは労《いた》われよ。俺はお疲れなんだよ」

喧嘩の気力もつづかなかったのか、希祥は戦意消失し、再びソファに寝転がった。

燕尾服《えんびふく》の上着は、絨毯の上に裏返ったまま投げだしてある。

革《かわ》の靴《くつ》もソファから遠く離れたところに点在していた。

演奏中、一分のスキもないカリスマ療法士も、今は気難しいだけの不良青年に見えた。

無防備でだらしのない態度。ティラノサウルスが腹を見せてくつろぐ姿、とでも言おうか？

それは、それだけ二人に心を許している証拠でもあった。

死線をくぐり抜けた仲間。それは現実での戦闘ではなく、精神世界での戦いではあったが、彼らは戦友であり仲間だった。いやむしろ、精神戦だったからこそ余計に、三人は強い心の絆《きずな》で結ばれたのだ。

無魔に襲われた妃七を、命がけで守ろうとした希祥。結果、彼は精神戦でひどい傷を負い、今度は妃七がその希祥の心を救うために、命をかけた。

二人のサポートは常に上月が。「ピンチ・ドクター」だと、妃七は彼のことをそう呼んだ。

みんなスーパーマンではなかった。弱音も吐《は》いたし、泣きもした。ギリギリのところで支え合って、勝利をものにしたのだ。

「今日は帰って早く休んだほうがいいですよ」

上月は、重力に逆らえないかのようにぐったりしている希祥を労わった。

自分が多忙になってきている以上に、希祥は多忙なはずだ。日本というテリトリーに絞《しぼ》られている自分と違って、希祥は世界各国に待っている人がいるのだ。

「帰っても気が晴れるか。今日は飲む。とことん飲んでやる」

「悪酔いしますよ。そんな体調じゃ」

「説教臭いこと言うなよ」

「心配してるんですよ」

「俺の心配をしているヒマはないだろ？　病院に心配しなきゃならないヤツがごまんといるんだろうが？」

「五万もいませんよ、あなたじゃあるまいに」

「俺は五万いたって、あんたほど親身にならないからいいんだ……」

なにがいいのよ？　と妃七が反論する。ちょっとは上月先生を見習え、と言うのだ。

ほんの数分前、上月には「希祥を見習え」と言った妃七。奇跡とよばれるEサイコセラピストも、秀才といわれる心療科医も、妃七にかかっては「もう、世話のかかる人たちね」となる。そういう態度で接することが「仲間」だと、彼女は自然と理解しているのだろう。

「じゃ、とりあえず移動しますか？」

と上月が声をかけた。

「妃七、タクシー呼んでこい」

と希祥。一瞬後、妃七の顔が不満で歪《ゆが》んだ。「どうして私が」という顔だ。良家の子女として育った妃七にとっては「ムカツク」という言葉ではおさまり切らないものがあったに違いない。

「ちょっとは動けって。ご褒美《ほうび》に缶ジュースおごってやるよ」

缶ジュース？

希祥の言葉をしばらく考えて、妃七は先に出ていった。

彼女は「缶ジュース」で察したらしい。自分抜きで、なにか話したいことがあるのだ、ということを。

妃七が退出すると、希祥はおもむろにテーブルに手を伸ばした。

分厚いファイルが置いてある。今日、セラピーにきた人々のカルテだ。

その中から、一枚のカルテを希祥は上月に渡した。

見ろ、とぶっきらぼうな仕草を見せ、再び寝転がる。

上月はそれに目を向けた。

医者には「守秘義務」というものがある。希祥があえて妃七を遠ざけた理由だ。

友達、見習いには、相談者のプライバシーに関《かか》わる話はできない。

妃七もそのあたりは、わきまえている。

「……」

手にとってすぐ、上月の顔は強《こわ》ばった。

カルテの一番上に、相談者の写真が貼《は》ってあるのだった。

先ほど、ロビーでぶつかった女性だった。

内容を読むこともなく、上月は希祥にそれを返した。

そこに書いてある内容、病歴は知っていた。書いてある以上のことも知っている。

「通院歴にあんたのところの病院と、あんたの名前が書いてあったんでね」

と希祥。

「……ひと月前まで、担当していました」

と上月は答えた。

「心療科で治らないからって、俺のところへ来るってのは、お門違《かど》いなんだけどな」

と希祥。

「彼女は治らなかったわけじゃないですよ。重度の過食症だったんですが、ちゃんと話をして、原因を突き止めて……二カ月にわたる食事療法とカウンセリング。生活習慣も根本的に変えて……治ったんです。おそらく再発したんでしょう」

と上月は返した。

心療科で治らないからEセラピーを頼る。よくあるパターンだった。

しかし、Eセラピーなら絶対治る、というわけではない。素早く治る、というわけでもない。

たしかに、希祥は心因を具象化する能力者だが、心因が判《わか》ればすぐ治るほど、人の心は単純ではないのだ。心はその後のカウンセリングで、少しずつ改善されていく。そこを素人《しろうと》は勘違いし、魔法にかかったように治ると錯覚《さっかく》してしまう。

それに、希祥は個人的なカウンセリングを行わない。彼の気質では行えないのだ。

繊細すぎて、ちょっとしたアクシデントで精神バランスを崩してしまうようでは、相談者一人一人の悩みは背負えない。

上月が希祥の顔色や言動一つを細かく気にするのは、そんな彼の脆《もろ》さをよく知っているからだ。

上月は元相談者のことを語った。

「いったん治ったけど、すぐに再発した。となると、Eセラピーを頼りたくなる彼女の気持ちは、よくわかります。いかがわしい宗教に走るより、よっぽどいい判断だ」

「模範解答だな、先生」

と希祥は返した。

「けど、心療医学は役立たずだと、彼女はそう思っている。だからあんたのところへは戻らず、俺のところへ来たんだ」

「……」

このサロンで肩と肩がぶつかったとき、上月もそれを悟った。

お互い気まずいものを感じ、言葉は……なにもなかった。

相手が自分を疎外《そがい》した雰囲気《ふんいき》を悟って、上月は慣れない「無視」を決めこんだ。

心療科医は、相談者の気持ちが否定的であるとき、こちらからは接することができないというセオリーがあるのだ。

「それも一つのステップかもしれません。誰が治すのか？　どんな手法で治すのか？　そんなの問題じゃない。どうであれ、彼女が一日も早く完治することが大切なんです」

「また模範解答か？　お利口なエリート医師ってのはムナクソが悪くなる。俺なら『なんでこんなところにいるんだ？　この恩知らず』って怒鳴っているぜ」

「……」

上月は希祥の暴言に苦笑した。

自分には絶対言えない言葉だった。

しかし、思っていなかったわけではない。ちょっとだけ、上月も感じていた。

再発したのなら、相談に来てくれればよかったのだ。Eセラピーを受けるなとは言わない。

でも一言、なにかあってもよかったんじゃないか？

彼女の態度があまりに空々《そらぞら》しかったことは、上月もショックだった。

「言ってやればよかったんだよ。そこで……会ったんだろ？」

上月は一瞬、ドキッとした。

どうして知っているのだ？

そのあと、そうか、と気づいて彼はこう返した。

「視えたんですか？　僕の過去が」

「一瞬ね。あんたガード、ないも同然だから」

「……」

希祥は直感指数96という、Eサイコ能力者だった。ISQとは人の直感を数値化したものだ。迷路を何分で抜けたか？　裏返ったトランプの数字と柄を何枚当てられたか？　などから測定する。今では、Eサイコ能力の潜在性を探るため、広く用いられているのだ。一般人のISQ平均が18そこそこ。35あればなんらかのEサイコ能力があると言われている。96とはつまり、極めて強いEサイコ能力を保持しているということだ。とくに希祥は「時間軸」を視ることにかけては、他に例を見ないほど、卓越している。

近い過去と、近い未来なら、さほど労せず視ることができるのだ。

その希祥が言うに、上月は「わかりやすい」らしい。気持ちがダイレクトに伝わりやすい、と言い換えてもいい。とかく、誠実で裏表のない人柄だから、心にガードがなく、視たいと思わなくても視えるときがあるそうだ。

「苦労しても苦労しても報われないって感じか？　あんたが支えていたときはよくなっても、一人になると再発する。一人じゃ弱いものさ、人間なんて」

上月が今、感じていることは、すべて希祥が語っていた。

上月の性格では、決して他言できないということを希祥は知っているのだ。

だから、代わりに言う。そうすることで、上月の心はわずかに軽くなる。

暴言も気遣《きづか》いのうち、ということだろうか。

こんなふうに、懸命《けんめい》に努力したことが水泡に帰すことは、ザラにある。

心の治療は、治療する側の心を傷つけることも、たくさんあるのだ。

「俺はあんた以上に役立たずだってレッテルを貼られる。懇切丁寧《こんせつていねい》にケアはしないから」

「そんなこと……」

「同情はいい。視えてるんだ。『なんだ、Eセラピーってのはこの程度か』ってさ。罵《ののし》りだすのは…三日後だな」

希祥は、過去だけでなく、二週間という限界があるものの、未来が視える。

よほど気持ちが動揺しないかぎり、決して外さない。

「そう言われると、慰《なぐさ》めようもないじゃないですか」

と上月はつまらなそうに返した。

気遣われていると感じたから、上月としては、慰めたかったのだ。

「彼女は十日後には違う医者にかかってる。いったんよくなって、でもまた再発する」

未来が視えるぶん、希祥はつらい。そのことを上月は知っている。

自分に頼られても、どうにもならない。そんな種類の病気の場合は、とくにつらい。

すがりつく手を振り払えないのは、上月も希祥も一緒だ。

役に立ちたくても、役に立てないときは、どんな医者も苦しむ。

出会ったときからそんな未来が視えるぶん、希祥は人の倍、苦しむ。

「その繰り返しの末、彼女はまたあんたのところへ戻ってくる……気がする。ま、何カ月も先なんで、はっきり視えないがね」

予知、か。

希祥の言葉を上月は静かに聞きつづけた。

「そのときは、温かく迎えてやれ。あんた、俺と違って根に持たないからできるだろ？　俺なら『いい加減、医者に頼らず、自分の心は自分で守れ！』って、怒鳴るがね」

自分の心は自分で守れ！

それは希祥の口癖《くちぐせ》だった。

その通りなのだ。でも、その通りにはいかないのが、人の弱さだった。

「さて、行くか。俺がこの女にできることはみんな終わった」

希祥は、自分を頼ってきた一人の相談者を、未来の担当者に託《たく》す。

――温かく迎えてやれ。

その言葉を言うために、この場がセッティングされたことを上月は悟った。

それは「奇跡の希祥」にしかできない仕事。

そして、彼がその女性のためにできる、たった一つの仕事だったのだ。

希祥は一つのカルテに火つけた。――守秘義務の遂行《すいこう》。

「炎」は希祥そのものだ、とそのとき上月は感じていた。

野蛮《やばん》なようで、熱い。

ひたすらに、一途《いちず》に、彼は想っているのだ。人々のことを。

ときに自分自身すら火傷《やけど》してしまうほど熱く。

「行きましょうか」

「ああ」

そんな希祥を……上月は友人として、同業者《セラピスト》として、深く敬愛してやまないのだった。

ニ　ジュニア

衛星放送287ch《チャンネル》のその放送を見たとき、上月《こうづき》は「これは単なるヤラセ番組だ」と思った。

『ええ！　それはもう、びっくりしました。長い間、不眠に悩んでいたのに、ピッタリと治ったんです！　希祥《きしょう》？　ええ彼のEセラピーも受けましたけど、一時的効用があっただけで……根本的な治療は時間がかかるって……それに比べてドイツでうけた「彼」のセラピーは全然違うんです！　その日からピタッと治ってしまうんです！』

そんなこと、あるはずがない。

ドイツの片田舎《かたいなか》で行われているらしい、この「民間治療」は、放送のなされる少し前からインターネットで話題になっていた。

ドイツのある町に、すぐれたEサイコセラピストがいるらしい。

しかしこの放送がなされ、人々の関心が高まるまで「彼」を取り沙汰《ざた》するものはいなかった。

なぜなら、彼は国家試験を受けたセラピストではなかったし、欧州のEサイコ機関に登録されているEサイコ能力者でもなかったからだ。

国、そして欧州の認定を受けていない民間療法士。

しかし、本当に治ったという人が続出。その「奇跡の希祥」を上回る能力に、人々が注目しだす。

そして……やがてその顔と名が、世界に向けて発信された。

フレデリック・シェルドン・ジュニア。

Eサイコ学の提唱者、F・シェルドン博士の隠された実子。

「ということは……希祥さんの……義弟《おとうと》？」

上月は息をのんで、画面を見つめていた。

金髪碧眼《へきがん》の十七歳の少年が、液晶画面に映しだされている。

耳元で軽くカールする太陽色の髪。海色の瞳。

その容姿を見たとき、人は誰でも一瞬ドキッとしただろう。ルネサンス時代の天使画から抜けだしたかのような、あまりに愛らしい容姿だったからだ。

『シェルドン・ジュニアです。十七歳です。まだ、ちゃんとした医療資格を持っていません。でも、勉強はしてますよ。Eサイコ能力のほうは……Eセラピストとしてちゃんとした力が備わるまでは他言するなと父に言われていたので、内緒にしていました』

少年ぽい口調で、彼は束《たば》になっているマイクに向かっていた。

フラッシュが光って、恥《は》ずかしげに首をすくめる。

『行方不明だと言われているシェルドン博士は、どこにいらっしゃるんですか？』

地元のテレビ局のアナウンサーだという女性が、そう尋ねた。

『今は言えません。ちょっとぎっくり腰やっちゃって、歩けないんです』

『はは……本当に？　でもご健在なんですね？』

『ええ。新しい研究をすすめたくて人目のないところに。それが行方不明説になったのかな？　ま、意識のほうはよく行方不明になりますよ。無意識界旅行へ行ったら、生命維持装置に身体《からだ》を預けて、当分帰ってきませんから。そんなことしてるから、筋肉が弱って、ちょっと身体を動かしただけで、ぎっくり腰になっちゃうんだよね』

『あははは……』

ジュニアは少年らしい屈託《くったく》のないキャラクターで、人々の関心をさらに高めた。

上月の顔は、画面のなかの少年に反比例して、どんどん強《こわ》ばっていく。

希祥はいま、どうしているだろう？

それを考えたとき、彼はやおら立ちあがり、自宅を飛びだした。

＊

東京《とうきょう》の郊外、ラボの近くに建っているモダンなチャコールグレーの高級マンション。その最上階に希祥の住居があった。

もっとも希祥は、ラボに寝泊まりするか、ホテルを使うことが多く、ここへはひと月に数日しか帰ってこない。

住所は以前から希祥に聞いていた上月も、来るのは初めてだった。

用もなしに押しかけるほど上月も暇ではないし、厚かましい性格でもない。

でも今日はどうしても来なければと……そう思ってやってきたのだ。

「希祥さん！　希祥さんいます⁉　上月です！」

高級マンション一階のエントランスホールに、切迫した男性の声が響きわたった。

セキュリティ・ドアの前、呼び出し用のマイクに口元をつきつけている上月。

『怒鳴らなくても聞こえる！　ったくなんだよ……？』

ドアの横にあるスピーカーから、いつも通りの希祥の声が聞こえて、上月はホッとした。

ここにいることは、ラボにも問い合わせたので確実だったが、居留守を使われる確率もバカにならなかったからだ。

「い、いや、近くまで来たものでつい……」

『白々《しらじら》しい』

そっけない返答がスピーカーから流れたが、軽い電子音とともに、セキュリティ・ドアの鍵《かぎ》が外れた。

いそいそと上月がマンションに上がりこむ。

エレベーターで27階へ。重厚なダークブラウンの扉の前に立つと、ドアフォンを押す前に扉が開いた。

「あ…えっと、どうも。これ、お土産《みやげ》のシュークリームです」

下手《へた》な愛想《あいそ》笑いを浮かべ、紙の小箱を持ちあげた上月の顔を見て、希祥は呆《あき》れたため息をついたのだった。

＊

希祥といえば夏でも黒っぽい服を着ているというイメージがある。

黒のレザーか燕尾《えんび》服。それが希祥が人前でよく見せる出で立《いた》ちだった。

今の……生成《きな》りのトレーナーにジーンズ姿という希祥は、上月も初めて見る。

一瞬、人の心のなかを覗《のぞ》きこむときのような戸惑いを、上月は覚えた。

プライベートとはどんなことであれ、その人の「秘密」に属するのだ。

「上がれよ。突っ立ってないで……」

すすめられて、上月は靴を脱いだ。

すすめられなければ、彼はずっと突っ立っていただろう。どうしても来なければ、と思ってきたのだが、ここまで来ておじ気《け》づいてきたのだ。

押しかけるという行為は、上月に向いていない。特にプライバシーを「謎」としている希祥の自宅に押しかけるのは、ちょっとした勇気が必要だった。

「お、お邪魔します」

フローリングの廊下を抜ける。

二十畳はあるかと思われるリビングに入ってすぐ、漆黒《しっこく》の大きな塊《かたまり》が上月を出迎えた。

グランドピアノだ。

部屋のなかはシンプルで、家具は黒一色で統一されている。

余計な装飾品はまったくといってなく、その代わり、窓際に多くの観葉植物があった。

留守が多いわりに、勢いよく茂っているのは、自動給水式のプランターだからだろう。

「座れよ。ジュニアのことで来たんだろ?」

「……」

その通りだった。しかしジュニアのことが知りたくて来た、というより、希祥のことが心配になってやってきたのだ。希祥の心は通常でさえ、綱《つな》のうえでバランスをとるような危ういものがあり、外界からの衝撃にすこぶる弱い。

それに、肉親や兄弟、身内、という言葉は希祥のトラウマと直結しているのだ。

幼少のころから養護施設にいたこともあり、希祥は自分の過去については滅多《めった》に語らない。

肉親の顔を覚えていないことや、二つ違いの姉とともに、十五歳でシェルドン博士の養子となったこと。義父が子育てより、研究に熱心だったことなども、上月と妃七《ひな》以外に詳《くわ》しく知るものはいなかった。

希祥の姉、苑望《そのみ》が心を閉ざすような大事件があったあと、博士は失踪《しっそう》した。

希祥は薄情な義父を、心底嫌っていて、よく「ぶっ殺してやる」と罵《ののし》っている。

その義父の近況が明かされたのだ。おまけに、実子まで登場。

今回の報道、気にしていないはずがない。

「いや、元気そうで…よかったです。彼…ジュニアのことはいきなりだったんで、僕も驚きました…あ、ひょっとして、希祥さんは知っていたんですか？　博士に実子がいたこと」

黒い本革《ほんがわ》張りのソファに身を沈めて、上月は尋ねた。

「いや。いないことは知っていた。だから驚いているよ」

いないことは知っていた？

希祥の返答に上月は首を傾《かし》げた。

「あんた、あの男どう思う？」

と希祥。「どうとは？」と上月は反問した。

「本物の息子か？　って話だよ」

「……」

このとき初めて、上月は希祥が疑惑を抱いているということに気づいた。

希祥は上月に語った。

「確かに、顔はオヤジによく似ている。髪や目の色はそっくりだし。誰もＤＮＡ鑑定しようとしないが、ま、しなくても血がつながっているって確信できる部分はたくさんあるな」

希祥はなにが言いたいんだろう？

困惑している上月を無視して、希祥はおもむろに立ちあがり、別室へ。

しばらくして戻ってくると、部屋のカーテンを閉めだした。

「ちょっとこれを見てくれ。先日、ヨーロッパの機関を通じて取りよせた記録なんだ」

希祥は話を先導した。

「……」

上月はなんだか落ちつかない気分になっていた。

居留守を使われずにすんだことはよかったし、案外、希祥がしっかりしていることも、よかった。しかし、どうもおかしかった。

なんだろう？　この、どこか忙《せわ》しげな態度は？

壁の一面に付属されている、スクリーン式テレビに映像が映しだされた。

十人ほどの人が円陣《えんじん》を組んで座っている。

中央に座すのは、シェルドン・ジュニアだ。

彼は手にU字型の奇妙なものを持っていた。

透明で、水晶のような輝きを発している。

その輝きが、希祥の演奏するサイコシンセに似ていることに、上月は気づいた。

ジュニアがそれを軽く爪弾《つまび》く。

うわ～ん……というような耳鳴りに似た音がした。

「ジュニアのEセラピーの現場の記録だ。ジュニアの握っているものは『音叉《おんさ》』に似ている。楽器の調弦なんかに使うものだが……この場合はEセラピーの療養機器だな」

「……」

上月は、まばたきを繰り返した。

一瞬、「大海」の情景が目の前に広がったように感じたのだ。

ぅわ～ん
うわ～ん
「今はA音の音波が持続している。が、これが二つに分かれる。いや実際に音は鳴っていない。しかし、そういう幻聴が聞こえるようになる」

希祥の冷静な解説を証明するように、上月の耳に一つのハーモニーが響きだした。

「最初はだいたいC音がはもってくるらしい。そのあとはEだったり、F音だったり個々に聞こえる音が違う。重音は和音に、和音の数は三つから四つ、五つと増えて、しまいに耳に色々な音が鳴り響く」

その通りになっていた。上月は不思議な高揚のなかにいた。

オーケストラの調弦を聴いているような気分。

そして、その音がだんだん大きくなっていく。

うわわわわ〜ん

ぅわわわわわ〜ん

「抽象的な『音』は右脳を刺激する。右脳は感性を司《つかさど》っている場所だ。潜在している記憶から『イメージ』が創造される。……幻覚が見えるか？」

希祥の声がかすかに聞こえて、上月は首肯《うなず》いた。

「海の様子が……海岸です。大きな…波が寄せている。淡いブルーと白い波……音が…耳の奥で大きくなって、くる」

フウッ…と音が波のように押し寄せてきた。

意識が、波にさらわれる。

身体から精神が分離するような感覚。

「まる…で幽体離脱《ゆうたいりだつ》、みたい、だ」

A音が一本の流線になり、G音もまた一本の光る流線になった。
いくつもの光る流線が上月を包み、流線は「底」へ向かった。
上月は流線に誘われるように、闇《やみ》に落下していった。
光のエレベーターに乗っているかのようだ。
恐怖や嫌悪感はなかった。
怖《こわ》くないのは「音」が守ってくれている、となぜか知っているからだ。
どこに連れていかれるのだろう?
上月の意識は、その疑問を最後に途切れた。
意識が遠ざかっていく。
いや、「意識界」から……遠ざかっていく。

「起きろ、先生」
肩を揺すられて、はっ、と上月は目を開けた。
うたた寝をしていたような、心地よい気怠《けだる》さに包まれている。
画面に映しだされていた映像はすでに止まっていた。
時計で時間を確認すると、十五分ほどの出来事だったらしい。
希祥がグラスに一杯、ミネラルウォーターを持ってきた。

上月はそれを有りがたく受けとり、こう呟《つぶや》いた。

「音は……なんとなく似ています。その、希祥さんのサイコシンセの音と」

「当たり前だ。原理が一緒だからな」

上月の前に脚を組んで座った希祥が、そう返した。

「やっぱりそうなんですか？　眠りに落ちるときの心地よさもよく似ています。でも夢は…見なかったのか覚えていないのか……思い出せないんです」

「思い出す必要も、見る必要もない。心因《しんいん》は気づかずにして、心は癒《い》えている。気分は爽快《そうかい》だろ？」

「ええ、そういえば。でもどうして？」

こんなことが、どうして可能なのだろう？

そんな疑問を上月は口にした。

「音に促され人は無意識界へ行く。そして『心因』を拾いあげる。そこまでは俺のやっていることと一緒だ。違うのは、心の傷が無意識界に近い場所で癒やされるってことだ。だから心因は自覚することなく、消失する」

「……え？」

「音自体にセラピー能力があるのかもしれない。このEセラピーのすごさはそれだけじゃない。どんな場所でもすぐに始められ、速効性があるってことだ。そして録画でも、ある程度の効用がある」
珍《めずら》しいことに希祥が感嘆《かんたん》していた。天《あま》の邪鬼《じゃく》な彼が素直に人を誉《ほ》めるなど、聞いたことがない。上月に見せる前に徹底的に分析し、感嘆する以外ないことを思い知らされたということなのだろうか？　しかしそれが本当なら大変なことだ。Eセラピーとはいえ、心因をつかんだあとは地道なカウンセリングが必要なのだ。なのに、ジュニアのセラピーはその場で癒えてしまうのか？

「じゃ、心療科に通っている人がこの映像を見るだけで、治るんですか？」

「ある程度という条件がつくが、そうなるな。これが公表されたら、どえらいことになる。俺もあんたも廃業か？　人類に必要なのはジュニア一人ってことだ。ま、それはまだ確定していないがね。あいつのセラピーに全《まった》く後遺症がないのか、本当に治っているのか、そう本人が錯《さっ》覚《かく》しているだけなのか？　まだなにもかも不明のままだ。世界保健機構《WHO》も慎重になっていて、この記録自体も現在、トップシークレットになっている」

奇跡の希祥でもなければ、とうてい手に入れられない記録だということだ。そして、信頼している友人だからこそ見せたのだ、という意味合いもあったのだろう。

「まるで夢の機器のようで、俺には実感がわかない。あんたどう思う？」

と希祥は真剣な顔つきで上月に尋ねた。

「わかりません。なんだか混乱していて……海の幻覚は共通しているんですか？」

「ああ。全員、なんらかの『海』を見ている。自分の心のなかにある海だ。オヤジはこれを『内 海《インランド・シー》』って言っていた。人という種の、精神のDNAに組みこまれているものらしい」

インランド・シー。

「まるで細切れに迫ってくるような映像でした。導かれるって感じもしました。でもこれは苑《その》望《み》さんの『創世《そうせい》』とは別物ですね」

「ほう？」

「幻覚としては似ている気がしますが、苑望さんの創世は、幻想が『育つ』んですが、この映像は育ちません。だから、ジュニアは創世能力者ではないのだと思います」

上月の言葉に希祥が薄く笑った。

そこまで感知するとは思っていなかった、という顔だ。

Eサイコセラピストには、二通りある。

希祥のように心因を具象化する者のことを「具象能力者」という。

希祥の姉、苑望は、荒廃した心に潤《うるお》いを与える「創世能力者」。他人の夢のなかで、望んだ景色や物を創造することができるのだ。

ジュニアの場合、夢自体、見せないのだから、そのどちらとも言えない。

しかし今までとは全く違った種類の能力を駆使《くし》して、人の心を癒やしているのは確かだった。

Ｅサイコ能力どころか、直感力さえ最低、と自他共に認める上月だが、勉強は人一倍している。希祥のＥセラピーも体験しているし、希祥のはからいで入院中の苑望に会い、偶然「創世」を体験したこともある。そういった経験が、上月にいい推理力をもたらしているようだった。

「なんだか、よくわかりません。すごいことなのに、すごすぎて信じられない」

「みんなそう思っている。だからみんな慎重なんだ。俺も慎重になっている。あのジュニアは何者だ？」

「……」

「先日実施したＩＳＱテストじゃ、80って数値を出したらしいが、それは絶対におかしい」

ＩＳＱ＝直感指数。発明者は希祥の義父、Ｆ・シェルドン博士だ。

その最高値は１００。80はずば抜けて高い数値だが？

「俺が96あって、あいつが80ってことはないはずだ」

「けれど、Ｅサイコ能力はＩＳＱだけに起因しない。それにＩＳＱはそのときの気分や身体のコンディションによっても大きく上下するじゃないですか？」

「それはそうだが、俺は自分の指数96の『直感』で確信している。あいつは俺よりすごい能力を持っている。俺はそんなヤツは一人しか知らない。口に出したくもないが、Ｆ・シェルドン本人だ。オヤジはＩＳＱ１００っていう数値をもっていた」

「え!?　じゃ、パーフェクト?」

「という考え方もできるが、自分の限界値を100としたものがISQだったんだろう。どっちにしろ、そのオヤジと同等か、それ以上だってことが解《げ》せないんだ」

解せない?

遺伝子のことを言うのだろうか?　上月は考えた。

ISQ値が高いことは、ジュニアが博士の実子であることを裏付けているようにも思う。しかし子供は父だけでなく母の遺伝子も受けつぐ。ISQは母の遺伝子によって、落ちるということだ。

「それって……まさか希祥さんは、ジュニアはクローンだと?」

上月はドキッとしてきき返した。

人のクローンは禁止されている。でも違法者はどこにでもいる。可能性がないとは言えない。

「クローンか。そのセンも考えられるが、どっちみち信憑性《しんぴょうせい》の薄い話だ」

「どういうことです?」

「シェルドンを二人作っても、無意味なんだ。あの能力はおそらく、クローンには出ない」

「クローンには出ない?」

「ああ…。今はここまでしか言えない。俺も半信半疑なことが多くてね。あいつが正真正銘のシェルドンの実子で、まあまあのEサイコ能力者だったなら、今頃俺は、あんたの予測どおりショックで沈没している」

予測どおり沈没している。と希祥はごく軽い口調で語った。

沈没ぐらいなんだ？　という顔だ。

では今は、もっと深刻なことになっている、ということなのだろうか？

「けれど、話がうますぎて俺は疑っている。うまい話には落とし穴があるって言うだろ？　あれだよ」

「……」

「おまけに……台風のなかにあるように未来が視えない。高いEサイコ能力者同士が、自分に有利な未来を選択しようとすると、こうなるんだ」

「ちょっ……なんですって？」

混乱して上月はきき返した。

「俺たちは、近未来に干渉《かんしょう》できる力を持っている。到来する未来にたいして、自分がどう動けば有利か？　知ることができるんだ。ところが、二人の能力者が干渉しだすと、未来は引っ張りあいされて、視えなくなる。こっちがどんな手段で対応するかで、未来が変わる。そしてジュニアが先手を打つことで、未来はまた一変する。わかるか？」

「な、なんとなく」

「だから、未来はすごく不安定だ。なにが起こるかわからない……怒濤《どとう》の時代の始まりだな」

その希祥の様子に、上月は戦慄《せんりつ》した。

まるで、戦場に赴《おもむ》く戦士のような緊迫感が漂ってきたからだ。

なにかとてつもない争奪戦が始まっているのではないか？

「俺がジュニアをクセモノだと思うのは、この『未来干渉』のせいなんだ。っても、こんな話、実感できない素人は『なんだそれ？』って笑うだけだろうがね」

「僕は疑っていませんよ」

「わかっている。だから話したんだ。確信がもてなくて全部話せないのが残念だ。確信できたら、いつかみんな話す」

そう言ったとき、希祥の切れ長な瞳《め》は、遠いところを探っているようにさらに細くなった。

＊

上月は希祥と別れたあと、来たときとは別の不安を感じていた。

――怒濤の時代の始まりだ。

一体、なにが起ころうとしているのだろう？

希祥の言葉は、謎に包まれている。

博士の実子ではない、クローンでもないシェルドン・ジュニア。

では彼は何者だというのだ？

――いつかみんな話す。

希祥は、不確実なことを他言することを嫌う。自分の言葉に責任がついて回る身分でもあるし、「友達になら推論でいいか」と思える融通《ゆうずう》性もないのだ。

だから、確信がもてたときは、必ず話す。それまで待てというのだ。

自分はただ待っていればいいのか？　上月は考える。

未来干渉。高い能力者同士が、未来を奪い合っている。

希祥はすでにジュニアと未来を争奪しあっている。

――オヤジと（Eサイコ能力が）同等か、それ以上ってのが解せない。

どうも意味深な言葉だった。

自分を含めて、「そんな人間はいない」と希祥は言っているようだった。

どうしてだろう？

では、色々な意味でいない、いないはずのジュニアが、実在しているのはどうして？

「ああ……なんだか頭が混乱してきた」

けれど、すべてはフレデリック・シェルドン博士、その人に関係している。上月はそう感じていた。

「ミステリーは苦手だな。それより僕は、希祥さんがなんかとんでもない無茶をしそうで、恐いんだよ……」

と彼は眉《まゆ》をひそめて呟いた。

＊　　＊　　＊

希祥はその夜、久々に本格的な「過去見《かこみ》」を行った。

瞑想《めいそう》し、意識を一点に集中する。

未来は撹乱《かくらん》されても、過去は一つに絞《しぼ》られる。過去が二つあることは、ありえないからだ。

では、過去を追跡すればいい。

シェルドン・ジュニアが生まれた場所は？　時は？

母親は？

どこで育った？　誰に育てられた？

ジュニアの過去を溯《さかのぼ》れば、それらが視えるはずだ。

人は一人で生まれず、人は十七年、一人では生きられない。

過去がない人間はいない。

だから、過去を追跡すれば、おのずとわかるのだ。ジュニアの正体が。

「それを俺に視せて証明しなきゃ、俺はあいつをあんたの息子とは認めないぜ、オヤジ」

希祥が独《ひと》りごちた。

月が煌々《こうこう》と光っていた。

カーテンの開かれた窓から、月光が室内に降り注ぐ。

植物も、ソファもグランドピアノも……希祥も、薄い影を落とした。

黒いソファのうえに胡坐《あぐら》をかいて座った希祥は、人形のように動かない。

彼の脳裏《のうり》には今、テレビ局のインタビューに答えるジュニアの顔が鮮明に浮かんでいた。

その言葉さえ、はっきり聞こえてくる。

やがて、それはドイツの農村地帯で、村人相手にセラピーをしている姿に。

ひと月ほど前の情景だ。

アルバムを一ページ、一ページと遡《さかのぼ》るような感覚で、希祥はさらに過去見をつづけた。

「……っ」

ふいに……希祥の表情が険《けわ》しくなった。

もうひと月前の、過去が視たいのに……急激に押しよせる睡魔《すいま》。

「邪魔をしているのは……オヤジ、か?」

過去見が妨害されている。

最近の過去は鮮明に視える。しかし、二カ月前はいきなり狭い洞窟《どうくつ》に入ったかのように、不鮮明になる。

その奥を探ろうとすると、過去はか細い絹の糸のように細くなる。

強引に手繰《たぐ》り寄せようとすると、プツリと途切れてしまいそうだ。

意識が朦朧《もうろう》としてくる。

「こんなこと、オヤジ以外の誰が…できる?」

そう、妨害をしているのはシェルドン本人だ。希祥は確信していた。彼以外、ここまで時間軸に干渉できる「存在」はいない。

なぜ妨害する? 問題はそれだ。

妨害するかぎり、ジュニアにはやはり、人に知られてはならない秘密があるのだ。

隠された実子か? 違法なクローンか? それとも、それ以外の存在なのか?

「俺は、それが……知りたいだけ、だ」

希祥の願いも虚《むな》しく、彼の意識はブラックアウトした。

乗っていた高速道路を、強制的に下ろされるような感覚。

それは「時間軸」の視えない者には、想像すらできない世界の、防衛戦なのだった。


オーケストラの調弦の音がしていた。

希祥はフルオーケストラに取り囲まれるようにして、座っていた。

よっこいしょ、と靴を脱ぐ。

「へぃ、いらっしゃい。靴、売りますか?」

○○靴店と書かれたシルクハットを被《かぶ》った、ネズミ顔の店主が出てきた。
希祥の見る夢は、靴の夢が多い。
靴はトラブルが近いという警告夢なのだ。
希祥は店主を無視して、靴を放りだすと、自分のかかとを見た。
きったねぇ足。
そう感じた希祥は、アルミのたらいに水を入れ、自分の靴を洗いはじめた。
足はそのままに、靴と靴下を洗う。
調弦がつづく。
誰かが「音叉」を鳴らしている。
一斉《いっせい》に鳴らしている。
うわ〜ん　うわ〜ん　ぅわわわ〜ん
「ああ！　もう、人の耳のそばでワンワン鳴らすんじゃねぇ！　うるせーんだよ！」
オーケストラに向かって、希祥は怒鳴った。

＊　　＊　　＊

上月の携帯に希祥から連絡が入ったのは、深夜の三時ぐらいだった。

「ど、どうしたんです？　こんな時間に」

希祥の家に出向いたぶん、自分の仕事が立て込んでしまい、そのときまだ上月は大学病院にいた。もちろん、仕事中。ファイルの整理に追われている。

『いや、なにか言いたかったんだ。けど……忘れた』

「え？」

『強引に視ようとしたとき、視えたんだ。記憶を妨害される前に、伝えておこうと思ったんだが、遅かった』

は？

上月は希祥の話す内容に、どう返答していいのかもわからなかった。

こんな時間に電話してきたのだ。大変なことがあったに違いない。

しかしそのわりに、口調が軽い。言っている内容も、どこかおかしい。

「なにを視ようとしたんです？」

と上月は尋ねた。

『過去だ。ジュニアの過去』

「それで？」

『オヤジに妨害された。ったく達者《たっしゃ》なジジイだ。早くぶっ殺さないと』

希祥はよく「ぶっ殺す」と罵《ののし》る。

そんな言葉は何度となく上月も聞いた。

しかし今のは——本気？

一瞬、上月はドキッとして、電話をつなぎ止めるように、希祥に話しかけた。

「記憶を妨害なんてできるんですか？」

『あいつなら、さして苦もなくやってのける。だから早くぶっ殺さないと』

まただ。

希祥の口調が、普段にはないテンションに感じられて、上月は心配になってきた。

「希祥さん、今、どこです？」

『どうして？　マンションだ』

「アルコール、入れてませんか？」

『酔っているように聞こえるか？　けどアルコールじゃない。どっちかというと、ひどい乗り物酔いに似ている。ハイウェイからいきなり急速落下のジェットコースターに乗せられたって感じか？　……イヤな夢は見るし、最悪の悪酔い気分だ』

「よ、よく状況がわからないんですが、今からマンションへ行きましょうか？」

『いや、いい。伝えたいことがあったんだ。忘れたけど。今は、伝えたいなにかがあって電話した、っていうことを覚えておいてくれればいい。じゃ』

「ちょっ……！」

電話はここで途切れた。

おかしい。なにかがおかしい。

希祥の様子がおかしい。

彼はもっと怜悧《れいり》で、短気で、寡黙《かもく》な人間だ。自分から電話をしたがる人間でもない。

その彼が、こんな深夜に電話してきたのだ。

暴言も、いつもの暴言とはどこか違う。

希祥の理性が、なにかに翻弄《ほんろう》されているかのようだ。

上月が心療科医だからこそ、彼は希祥の異状に素早く気づいた。

普通の人間には「やけにハイテンションだ」としか映らない変化だ。

「ジュニアが出現してから、希祥さんはやっぱりおかしい。落ちこんで暗くなることはないけど、逆になんか……好戦的だ」

どうして？　誰に向かって好戦的なのだ？

――記憶を妨害される前に……

希祥の言葉に、上月は長い時間悩んだ。

そして彼は「記録」を作りはじめた。

今日、希祥から聞いた言葉を一つ一つ思い出し、書き留《と》めていく。

謎めいた言葉も、なるべくそのまま書き留めた。自分の推測はすべて除外する。

「でも……他人の記憶を妨害なんて、本当にできるんだろうか？」

根本的な疑問はあった。理屈で割り切れない疑問だ。

一年前の自分だったら「妄想《もうそう》」と判断してとりあっていない。

しかし希祥と知り合って、科学や理屈で割り切れないことにたくさん出会ってきた。

「希祥さんは……いたずらに嘘は、言わない」

彼は悪党を威嚇《いかく》するような嘘はついても、友人をはめるような嘘は決してつかない人だ。

上月は希祥を信頼していた。だから彼は真剣だった。

書いた記録はコピーし、ディスクにも納めた。ディスクも三枚作る。

そうやって書き留めたことで、上月は少し落ちついた。

それらを、どこにしまうか？　誰に託すか？

それはこれから考えるのだ。

＊

『F・シェルドン博士、急逝《きゅうせい》！』

つぎの朝、ネット新聞の第一面を飾ったニュースを、上月は愕然《がくぜん》とした面持《おもも》ちで見つめていた。

徹夜したせいで、目が赤い。

信じられない上月は、テレビをつけた。

やはり、多くの番組で同じことを言っている。

衛星放送で、ジュニアの顔を発見し、上月は音量をあげた。

『父が亡くなりました。急性心不全です。時間は午前十二時二十三分でした』

父の死を悼《いた》むジュニアが、うつむき加減でそれを告げていた。

「博士……希祥さんのお義父《とう》さんが、死んだ？」

上月はすぐさま希祥の携帯に電話した。

しかし携帯はつながらず、自宅の電話もつながらなかった。

彼が三番目に電話したのは、妃七《ひな》の携帯だった。

「妃七ちゃん？　僕だよ。今、自宅？」

『いいえ、ラボよ！　ニュースを見てとんできたの』

やはり、妃七も心配になったのだ。

「希祥さんは？」

『ラボにいるかと思って来たけど、いないわ！』

やはり、というのも変だが、上月はそう感じた。

「希祥さんのマンションへ行く」

上月は決然と告げた。

『私も行く！　マンションには私のほうが近いから、先に行ってるわね！』

しかし……上月より半時間も前についた妃七でさえ、希祥に出会うことはなかった。

呼びだしに応じないので、上月は管理会社に事情を説明し、管理責任者立ち会いのもと、ロックを解除してもらう。

ここにも希祥の姿はなかった。観葉植物と、グランドピアノが佇《たたず》むばかりだ。

とたん、上月も妃七も、言葉にならない不安を感じた。

「上月先生、これ……」

ピアノの上に一枚のメモ用紙があった。妃七がいち早く見つけて持ってくる。

『かかと・せんたく・オケ』

メモには汚い字でそう書かれていた。

「かかと、せんたく、オケ？」

希祥はただそんなメモだけを残して、忽然《こつぜん》と姿を消したのだった。

三　心のガード

フレデリック・シェルドン。1996～2047年。

アメリカ、ワシントン州で生まれる。アメリカ人。

外交官だった父に連れられて、中国、フランス、ドイツと幼少のころから転々とする。

フランスにいたころユング心理学に興味をもち、大学では心理化学分析学を専攻。心理化学分析学とは、体内のホルモンや化学物質から、人の精神状態を解明するというものだ。

大学院卒業後、同研究室に入り、三十歳手前で心理学者となるが、たいした功績は残していない。

そのころの友人の話では「よく摑《つか》めない人物だった」と括《くく》られている。プライベートな情報だけでなく、感情すら隠す「秘密主義者」だったらしい。

2035年。そんな彼はいきなり心理学会の度胆《どぎも》をぬく「超心理学《Eサイコ》」を提唱する。

同時に『思考次元世界』という論文を発表。この論文のなかには、人の意識界と無意識界をむすぶ「思考次元路」のことが書かれている。人は日々この路《みち》を通して、膨大《ぼうだい》な記憶を無意識界に投げ捨てているというのだ。人々が毎夜見る夢も、この「路」の途中に存在しているという。また無意識界には時間が存在しないこと、路から路へ渡ることで、他人との精神世界でのコミュニケートも不可能でないことなど、その内容はなかなか突飛《とっぴ》なものが多いことで有名になった。

その数カ月後、彼は『ISQとISQ測定方法』という本を自費出版。現在、Eサイコ能力の潜在性を測るために使われている直感指数と、その測定方法が記載されたものだ。

ところが、人の直感を理論的に証明しようとする試みも、最初はいかがわしい研究者の持論と片付けられた。「いつかなにかやらかすと思っていた」という友人の苦笑と、世間の冷笑《れいしょう》だけが彼に与えられたわけだ。

しかし彼は持論を主張しつづける。寡黙《かもく》な秘密主義者だった彼は、そのころから自身の研究成果を積極的に主張しだす人物と変貌《へんぼう》するのだ。

「学会」が彼を無視できなくなったのは、「Eサイコセラピー」という言葉と手法を作りだし、人々のケアを実行しだした、2037年ごろからだ。

科学的には未知の分野ながら、信じられない効用が証明されたのだった。

それとは別に、彼は犯罪調査に協力。「Eサイコ追跡調査」(20世紀で言う霊視《れいし》捜査)で犯人をズバリとあて、自《みずか》らのEサイコ能力を立証した。

こうなるとたんなる「不思議研究家」だけでなく、大勢の人が認識を変えなければならなくなった。彼のホームページが他の研究者、大学、企業のサイトにリンクされ、またたくまに広がっていく。

ＩＳＱを自己測定する人も急上昇した。その大半は、興味本位で測定しようとした連中であったが、その数値はすべてシェルドンの貴重な研究資料となる。

２０４０年。シェルドン博士は日本へわたる。

彼は日本で驚異的なＩＳＱ値を出した姉弟に注目したのだ。それが希祥《きしょう》と姉の苑望《そのみ》だった。

２０４１年。シェルドンはこの姉弟を引き取る。

そのころ、欧米を中心とする先進国が、Ｅサイコ研究に着手するようになっていた。もっとも、いきなり研究を開始したわけではない。どこの国にも秘密の「前身」が存在していたのだ。主に軍や国家機密のプロジェクトとして。それが大々的に活動しはじめたと思えばいい。

日本もまた、民間の研究団体が「超科学」の研究を推進していた。その民間団体こそ、「ラボ」の前身である。

それ以来シェルドン博士は、あまり公然と姿を現すことなく、Ｅサイコ学は各地でひとり歩きをはじめた。

２０４６年、「奇跡の希祥」がサイコシンセという特殊な楽器を携《たずさ》え、Ｅサイコセラピーを開始する。

２０４７年10月。シェルドン・ジュニア登場。

そしてF・シェルドンの訃報《ふほう》という現在に至《いた》る。

＊

「……う～ん」

上月《こうづき》はうなった。

目の前のパソコンには、シェルドン博士の経歴が映しだされている。

希祥が失踪《しっそう》してから、二日たっていた。

連絡はない。居所の捜査も難航している。

彼の立ち寄りそうなところ、といっても……彼は極端にプライバシーを語らない人物だったので、誰も想像できないのだ。

友人の上月さえ、姉のいるラボの付属病院ぐらいしか思い当たらなかった。もちろん、そんなところに希祥が姿を現すはずもない。

二日の間に希祥の義父、シェルドン博士の葬儀は、ドイツで内々に行われていた。

Eサイコの功労者のわりには質素な葬儀だった。マスコミやジュニアのファンが詰《つ》めかけることを予測して、早々に行われたのだ、と報じられていた。

葬儀に参列した人々は、「安らかな死に顔であった」と口を揃《そろ》え、医師の死亡診断書は公開された。希祥の義父、F・シェルドンは、異国の地でかえらぬ人となったのだ。

希祥は今、なにを考え、感じているのか？　上月はずっと気になっていた。

憎んでいたとはいえ、父は父だ。「親」が彼のトラウマであるのならなおのこと、彼の死は希祥にひどい虚無《きょむ》感を与えているのではないか？　どんなかたちであれ、希祥が義父にひどく「執着」していたのは事実なのだから……。

「どうも、わからないのよねぇ。この『オケ』ってのが……」

上月が案じるその横で、妃七《ひな》がメモを片手に呟《つぶや》いた。

ここは希祥のマンションである。

彼らはもう一度、手がかりを求めて、希祥の自宅へやってきたのだった。

不平を言いたげな管理人に、身分証とお菓子を押しつけて、なんとか鍵《かぎ》を開けてもらう。

上月はまずパソコンのデータを調べた。しかしこれといった情報はなかった。プロテクトがかかっている情報もない。

本棚には、数冊の楽譜があるだけで、専門書一つなかった。当然、日記もない。

大きなマンションのわりに、使用しているスペースは限られていて、寝室や書斎も、モデルームのように生活感がしないのだった。

上月は、例のセラピーの映像を収録したディスクを捜した。ジュニアのセラピー現場の㊙ディスクだ。しかしどこにも見当たらない。

どこかに隠したか、処分したか……そう思ったとき、上月ははっ、となった。

この、整理したあとのような、手がかりのなさ。

希祥は自分の足取りを安易につかませないよう、段取りしてから姿を消したのではないか？

では、グランドピアノのうえにあった、あのメモは？

あれは逆に、失踪に関心を持たせるものになりはしないか？

おかしい。それでは行動が矛盾《むじゅん》している。

「これって、絶対、夢の内容だと思うの」

と妃七は自信たっぷりに言った。

手がかりも得られず書斎からリビングへ戻ってきた二人は、的《まと》をそのメモに絞《しぼ》ることに決めた。

「『かかと』は、自分の悪い性格が表に出てトラブルを起こすって意味。これって、希祥にハマリすぎよ」

妃七が絶対、夢の内容だと断言するのは、キーワードを夢診断すると、希祥にぴったり当てはまる言葉が出てきたからだ。夢診断に狂《くる》いがないか確認するため、妃七はラボのデータベースにちゃんと照合している。

そして妃七は今、あと二つのキーワードで悩んでいたのだった。

「でもね、『選択』がねぇ。判断が難しいの。これ、どうして『選ぶ』じゃないのかしら？」

希祥の書いた言葉は三つ。

かかと
せんたく
オケ
「ねぇ妃七ちゃん」

「え？」

「『せんたく』って『選択』かな？　ひょっとして、服を洗うときの『洗濯』じゃない？」

と上月。

あ！　と妃七が短く叫んだ。すっかり「選択」だと思いこんでいたのだろう。

そうだ。せんたくは「洗濯」かもしれない。

「も～！　ややこしい！　そうだわ、きっと！　だから『選ぶ』じゃないのよ」

「けれど、洗濯も『洗う』と書けるよね？」

と上月。

「でも洗うだけじゃ、身体《からだ》を洗う、かもしれないじゃない？　身体や頭を洗う、というのと、服や靴を洗うってのは、意味が違うの。洗濯っていえば、絶対モノを洗うって意味になるもの。だから、希祥は洗う、じゃなく洗濯にしたのよ」

洗濯――過去を引きずる。

夢診断して、妃七は苦虫《にがむし》をつぶしたような顔で「くっら～い」と付け足した。

たしかに暗い。

「でもきっと『洗濯』ね。だって希祥にぴったり、だもの」

「……」

ぴったりすぎて、上月もなにも言えなかった。

「かかと」も「洗濯」も、希祥の心を投影《とうえい》している。

けれど、この三つのキーワードから特定の場所は判別しにくい。今、知りたいのは希祥の性格ではなく、彼の居場所なのだ。

わからない。希祥はどうしてそんなメッセージをわざと残したのだ？

首をひねっている上月のそばで、妃七がブツブツ言いだした。

「もう〜、どうして漢字で書いてくれないのよ。二日も悩んで損《そん》したじゃない。おまけにきったない字だし……よっぽど慌《あわ》てていたんだわ」

そうだろうか？　上月は考える。慌てていたなら、これほど部屋がきれいなはずがない。

では慌てていないなら、なぜ字が汚い？　希祥はもともと字が汚いのだ。それは本人のコンプレックスにもなっている。漢字で書かなかったのも、思い浮かばなかったのではない。画数の多い漢字が嫌いだからだ。面倒くさがりな希祥と漢字の相性は、年中悪い。

年中悪い、か。と上月が考えこむ。

ずっと仲が悪かった義父の死。この、どこか不可解な希祥の失踪。

モデルルームのような、人のぬくもりの伝わらない部屋。

暗い夢。

連想して、上月の気は滅入《めい》った。というより、わびしくなった。

きちんと整理して失踪なんて、あんまりいいことを想像しないじゃないか。

「このオケってのも、変なの。オケって『桶』よね？　他に読み違えることってないわよね？」

と妃七。

「う～ん、漢字じゃ、ありえないね」

「でもサイズがあるの。小さいのと大きいの。それによって少し意味が違ってくるの」

「意味が？　ってことは、それもオケ違いかも。メッセージとして残すなら、意味が二つあるものを希祥さんがあいまいに残すはずがない。でもそうなると……なんだろうね？」

二人は悩んだ。

オケと読んでいるが、ひょっとして数字かアルファベットが流れて、そう読めるのではないか？　そう思ってもみた。よもやそれが「オーケストラ」の略《りゃく》だとは思いもせずに。

「あああ！　もうわかんな～い！」

考え疲れた妃七が叫んだ。

「希祥ったら、一体、どこへ行ったのよ！　だいたい、こんなに悩んでいるのが私たちだけってのも、しゃくに障《さわ》るわ」

そう。世間では、今回の希祥の行動は、マスコミをうざったく思った希祥の「雲隠れ」だと考えられている。たしかに、ジュニアの出現と義父の死。希祥に一言、インタビューしたい人間は、世界中に大勢いるはずだ。希祥がそういう報道を毛嫌いしていることも有名だ。ラボへは昨日、一週間の欠勤を告げるメールが送られていた。仕事のキャンセルも終了済みらしい。これでは、友人の二人以外、捜査する人間がいなくてもしかたがないだろう。

でもそれがおかしいんだよ、と上月は思う。

いきなりいなくなると、みんな心配する。

でも準備をして失踪したら、みんなどこか安心する。

今こそ、希祥のそばに、誰かが必要だと、どうしてみんな感じないのだ?

そのとき、はたと、上月は希祥の能力を思い出した。

彼……希祥は、誰が一番に調査を開始するか、視えていたのではないか?

では、彼はメッセージを受け取る相手が、自分と妃七であることを知っていた、ということになる。

『過去をひきずった男』が、やがて『トラブルを引き起こす』

このメッセージは、そういう意味なのではないか？　そう感じたとき、上月は緊張した。

希祥はきっとこのことを、自分たちだけに報《しら》せておきたかったのだ。

「ねぇ先生、希祥のヤツ大丈夫よね？　ヤケクソになって海に飛びこんだり……お酒飲みすぎたり薬とか…ううん。そんなこと、ないよね」

妃七は気弱な否定を含ませて、そう呟いた。

希祥は、強いように見えて、弱い。情にも流されやすい。

人の情にも自分の情にも流されやすい。

それを知っているから、妃七も心配しているのだ。

「大丈夫だと思う。メッセージを残したのは彼に冷静さと余裕がある証拠だよ。でもはやく居所を知りたいね」

そう、彼がトラブルを引き起こす前に……

「うん。でもこれだけの手がかりじゃ、希祥の居場所は探しだせないわ。ねぇ、ソファの下とかキッチンの収納とかに、手がかりがあるんじゃない？　そういうところ探した？」

と妃七。

「いや…。けど妃七ちゃん……」

上月がまったをかける間もなく、妃七はソファのクッションをめくりはじめた。

「だって、推理小説とか、こういうところに謎が……」

「妃七ちゃん、小説の読みすぎだって。希祥さんがそんなことするタイプに見える?」

妃七の手が止まった。

「み…見え、ない」

誰も、コソコソと証拠を隠してまわる希祥は……想像できない。

上月はホッと一つため息をついた。どこか言いだしにくそうに、妃七に語りかける。

「妃七ちゃん、ちょっと真面目《まじめ》な話、したいんだけど、いい?」

その言葉とピンと張りつめた空気に、妃七はやや困惑《こんわく》した。おとなしくソファに座りなおす。「先生」が、自分になにか言いたいことがあるのだ、と察したのだ。

「あの……ここは希祥さんのプライベートが詰まった場所だよね?」

と上月はリビングを見回しながら、妃七に語った。

「う…うん」

「彼がプライベートと仕事をきちっと分けている人だってのも、知っているよね?」

「う、ん」

「なのに、本人の許可もなしに他人が上がりこんで、勝手に部屋を捜索するって……僕はとても不躾《ぶしつけ》なことだと思うんだ」

「でも希祥が行方不明になったから……仕方ないでしょ?」

「それでも僕は気がひけている。もしここが自分の部屋だと考えてみて。他人が勝手に上がりこんで、部屋中ひっくり返すんだ。いい気分はしないね」

「それは……」

「そういうこと、僕たちはやってしまっているんだ。警察でもないのに。だから、僕も自分と約束するから、妃七ちゃんも約束してほしい」

上月は神妙《しんみょう》な顔つきで語った。

「もしも調査の途中で、希祥さんが他人に知られたくない、と思っていることを知ってしまったら、その秘密は厳守《げんしゅ》して」

「……」

「人はみんな言いたくない過去や、気持ちを持っている。調べられると困ることも。たとえば、妃七ちゃんの部屋の机の引き出しに、点数の悪いテストが隠してあったとしよう。留守中に僕や希祥さんが勝手にそれを見つけたら怒るよね？」

「う……うん」

想像して妃七は即、首肯《うなず》いた。

「ね？　ちょっとしたことでも、人はイヤな気分になる。自分の秘密や弱点を勝手に知られるって、とても怖いことなんだ」

上月はほら、このあいだのことだけど…と話をかえた。

「一緒に食事をしたとき、セラピーの会場で、僕が一人の女の人と扉の手前でぶつかったの、覚えている?」

「う、うん」

「あのとき知らない人だって、僕はそう言ったよね?」

「うん」

「あれ、嘘なんだ。妃七ちゃんは気づいていた?」

「……うん」

そう、と上月は、妃七の答えを聞いてほほ笑んだ。

「以前担当していた人なんだ。でも、今は他人。だから、知らない人なんだ」

「でも、知っている…じゃない?」

「でも、知らないですませるのが、心療科の原則。心療科の医師はね、セラピーの過程で、その人の心を洗い浚《ざら》い知るんだ。隠れている心因《しんいん》を追及するために、本人が言いたくないこともみんな話させる。生まれて、今までに経験したこと。思っていること。つらかったこと。悲しかったこと」

「……」

「心療科の医師は、個人の秘密を握っているんだ。だから他の科の医師以上に『守秘義務』に縛られる。カウンセリング以外では、医師は他人だ。『心療科』っていう言葉に偏見《へんけん》を感じている人も多いしね。東京《とうきょう》の街角で、偶然担当している人と会っても、決してむやみに声をかけてはいけない。その人がよくなって、治療が終わったら、その人のことは忘れる」

「……そんな」

「秘密を握られているってのは、すっ裸の自分を見せることと似ている。心が始終、辱《はずかし》められている、ってことだ。人のプライバシーはね、それほどに大切な心のガードなんだ。医師に秘密を握られたってことが逆に強迫観念になって、社会復帰を阻害《そがい》することもあってね。だから、僕は人の秘密を知ることに、臆病《おくびょう》なんだ」

「……」

臆病だ、としめ括《くく》った上月の姿が、本当に臆病に見えて、妃七は言葉を失った。

「小説やドラマじゃ、そういうところは見えないけどね。捜査っていうのは、秘密の侵害だ。心の侵害でもある。僕は警察官には……なれないかな」

と上月はほほ笑んだ。堅くなった場を無理にほぐそうとするように。

妃七は戸惑《とまど》っていた。

調査とか謎解きが、そんなに大きな問題を含んでいるとは思っていなかったからだ。

メッセージの内容を、夢診断するのは楽しかった。

ズバリと希祥の隠している性格が見えて、ちょっと可笑《おか》しいとさえ感じた。

部屋中あら捜しして、なにか一つ手がかりが得られたら、きっと手柄《てがら》を立てたような気分になったに違いない。

「だから、ここにいると僕は一人でに心のなかで『希祥さん、すみません』って謝っている。『けどあなたが心配なんです』って言い訳しながらね」

上月の言葉を聞くうちに、妃七はなんだか悲しくなってきた。

「先生」と妃七は呼びかけた。

「ん？」

「先生、淋《さび》しくない？」

「……」

今度は上月が黙りこんだ。

「一生懸命に治療した人が、他人に変わるの、淋しくない？」

妃七にはそれが、とても孤独な仕事に思えたのだった。

そう。心療科医は、別れを前提にして相談者と接する。とても孤独な職業だ。

「でもね、僕は早く治ってほしいと思う。それは早く他人になる、ってことなんだけどね」

心療科医はそんな矛盾のなかで、自分の使命を果たす。

忘れることも……仕事なのだ。

「先生、ききたくないことが一つあるんだけど……」

と妃七は呟いた。

「でも今、きかなきゃいけない気がするの。だから頑張《がんば》ってきくから、先生もはっきり答え

「先生は……先生は、私とも『さよなら』する気で、いるの？」

妃七の声はすでに涙声だった。上月が答えを返す前に、妃七は一度鼻をすすった。

Eサイコ能力者は皆、多感だ。さよなら、と口にしただけで悲しみが抑えられなくなってきたのだ。

「考えている」

妃七の両眼から涙が溢《あふ》れてきた。

「妃七ちゃんにとって、僕が負担になったら、困るからね」

妃七は昨年、放火事件を起こしていた。未成年とはいえ、犯罪歴があるのだ。

多忙な父親に反抗したかっただけ、という理由ではあったが、この過去は、妃七の唯一の汚点だった。それは妃七にもわかっていた。

「先生、わた、したち…も他人に、なるの？」

街で会っても挨拶《あいさつ》すらできない間柄《あいだがら》になるのだろうか？

経歴の汚点がどうの…より、妃七は「他人」になる関係を考えると、とめどもなく泣けてきた。

「迷っている。正直に答えることが君にとって誠実な態度だと思うから、うち明けるけどね」

「いいよ」

て」

異例のつき合いだったのだ。妃七が担当を外れても、いまだに親交があるというのは。

同業者に話したら、きっとひんしゅくを買うだろう。

「希祥…希祥もそうなのかしら？　私、彼のセラピーも受けたわ…」

「基本的には同じだと思うよ。ただ、君は今、ラボに出入りしていて、彼とは出会わないわけにはいかない」

「……」

「でも彼も僕も、引け目を感じている妃七ちゃんは見たくないからね。そうなったら…僕たちはさよならするほうがいいんだよ」

上月の物言いは優しかった。でもその内容はとても厳しいものだった。

「そ、そうならなかったら……いいの？　どうしたらずっと…いっ一緒…ひっ…」

と妃七は、最後まで言い切れないまま、声をあげて泣きだした。

＊

出会いはたしかに医者と相談者だった。

はじめは反抗していた。

嘘ばかりついて、セラピーはすっぽかして……。

そもそも妃七の病名は「詐病《きびょう》」といって、心の仮病《けびょう》だった。

みんなが「なんだ仮病か」という顔をするなか、「それでも心に傷がないとはいえない」と熱心に向き合ってくれたのは、上月と希祥の二人だけだった。

その熱意が本物だったからこそ、少女も心を開いたのだ。

妃七はポロポロと涙をこぼしながら、先日のサロンセラピーのときのことを話した。

「私ね、あの日、すっごく腹…立ったの。希祥が、缶ジュースで私をお、追いだしたときよ。仕事の話…なんだな、って気づいたわ。だから、私は聞いちゃいけないって……でも悔しかったの。私だけ仲間、外れなの……」

「僕たちは決して君を……」

「わかってるの、仕方ないの。意地悪されてるんじゃないって、そんなことわかってる。だから、早く一人前になりたいの。二人にちゃんと認めてもらえるセラピストになりたいの。そうしたら、秘密の話も一緒に聞けるの」

妃七は嗚咽《おえつ》をもらした。

追いだされたことだけで、妃七はとても悔しく、悲しかったのだ。

自分はまだ子供で、聞かせてもらえない話がある。それを認めるだけで無性《むしょう》に腹が立った。でもそれが今の自分だった。だから、一生懸命努力しようと思ったのだ。

一日も早く、一人前になるのだ。

「なのに、ひどいの。それ以上にひどいの。二人とも薄情なの。セラピーが終わったら、他人だなんて……ひどい」

「それは…そう決まったわけじゃないよ。だから迷っているって言ったろ？　どちらがより君のためになるか？　それが大切なんだよ」

「先生は平気？　私と会えなくなっても、平気？」

「妃七ちゃ…」

「いや！　答えなくていいから。なんて言うか想像できるから、なにも言わないで」

妃七は自分の質問を自分で打ち消した。

「私のためになるなら平気って、先生だったらそう言うの。希祥はきっと何にも言わない。次の瞬間から『誰？』って顔するの。すっごく冷たい…！　でも意地悪でそうするわけじゃないの。それがあいつの精一杯の気持ちなの。それ、わかるから…もっとイヤ」

妃七は手の甲《こう》では拭《ぬぐ》いきれなくなった涙を、ハンカチでガードしだした。

彼女にとって、「正論」はあまりにも冷たい、大人の言い分に聞こえたのだった。

「私は先生に街であっても……自分から声かけるもの。先生に引け目感じてないもの。先生なら、秘密、知られててもいいって思ってるもの。な…のにダメなの？　ひっ……」

上月は妃七の前に屈《かが》みこむと、少女の肩に手をかけた。

泣いているせいか、その身体は火照《ほて》っていて、その熱が上月に伝わってきた。

カウンセリングで、何度もこうやって視線を合わせ、話し合った。

そのことを思い出して、妃七はいっそう激しく泣きだした。

妃七にとって、上月はただの心療科医ではなかった。

すべてを知っていて、受け入れてくれている人。

それは、学校の先生以上に近い「先生」だった。

秘密を握られている、などと妃七は感じたこともなかった。

知って、受け入れてくれる存在。

それって、一番、温かい存在なのではないの？

「ごめん、泣かせちゃって……デリカシーのない言い方だったかな。僕は……希祥さんのことをちょっと約束したかっただけなんだ。妃七ちゃんとのことは…またこの件が収まってからじっくり話そう」

「私、絶対……ひっ…ヤだからね」

「妃七ちゃん……」

涙は冷たく少女の頬《ほお》を濡《ぬ》らした。しかし、その雫《しずく》は上月の心を潤《うるお》していた。

Eセラピーの現場で、元相談者と心の渇いた再会をするより、それが医者にとってどれほど嬉《うれ》しいことか、妃七は知っていたのだろうか？

体裁《ていさい》も、医師の建前《たてまえ》も大切だ。

――模範解答だな、先生。

希祥はそんなふうに皮肉《ひにく》る。

「なにか……方法を考えよう。別れずにすむ方法」

上月にとっては勇気のいる一言だった。

優等生が建前をかなぐり捨てたのだ。こんなこと、恩師の古林《ふるばやし》教授に知られたら、またひと騒動だ。

騒動か、それでもいいさ、と上月は思った。

「う、うん」

ホッと安堵《あんど》した、妃七の声が胸のなかでした。

「でもまず、希祥さんが先だ。僕が言ったこと、わかった？」

「うん。もう子供っぽく探偵ごっこして、はしゃいだりしない。秘密は、絶対言わない」

「よし。じゃ、捜査のつづきをはじめる前に、僕が希祥さんに最近聞いたことをみんな妃七ちゃんに教えるから。嘘だと思わないで真剣に聞いてほしい。それから……妃七ちゃんに頼みたいことがあるんだ」

と上月は懐《ふところ》からディスクと封書を一枚取りだした。

「これを持っていてほしい」

「なにこれ？」

「今から僕が君に告げる内容がみんな書いてある。これを君自身が持つか、君の信頼できる人に預けてほしいんだ」

「……？」

「足跡を残しておきたい。希祥さんは過去も未来も視えないほど、時間軸がゆれているって。だから、現在を書き記《しる》して残しておきたいんだ」

「そ……そんな大事《おおごと》になってるの？」

「彼はジュニアの存在を恐れていた」

と上月は改めて座りなおし、妃七に自分の知っているすべてを伝えたのだった。

＊　＊　＊

シェルドン博士の葬儀から五日たった。

シェルドン・ジュニアは、お悔《く》やみと近況を聞きにきた報道関係者にこう語った。

その映像は数時間後には、衛星放送で流れた。

『あの、僕、日本へ行きたいと思うんです。父の葬儀もすませたし……日本にいる義姉兄《きょうだい》にも、このことをちゃんと報告したいから……』

ついに来るか……

その衛星放送を見て、そう感じていたのは、上月だった。

上月には直感はない。しかし、誰もが遅かれ早かれ、こういう事態になることを予想していたのだ。

シェルドン・ジュニア、来日。

「明日には確実についてるな……」

ヨーロッパ旅行も、二泊三日でできる時代だ。ドイツから六時間もあれば、東京へ着く。早ければ今日中にジュニアは来日する。

「イヤな予感がするよな。ＩＳＱなくっても……」

と上月が呟いたとき、ふいに携帯電話が着信を知らせた。

誰だろう？　ディスプレーされているのは「公衆電話」だ。

「もしもし？」

上月が電話に出る。

「もしもし？　……ひ、ひょっとして、希祥さんですか⁉」

それは、まさに上月の意表をつく、一本の電話だった。

四　未来干渉

『き、希祥《きしょう》さんでしょ!?』

ひどく切迫《せっぱく》した上月《こうづき》の声を、希祥は左耳に聞いていた。

心配していたらしい気配《けはい》は、特別な能力を使わなくても察することができた。

ふっ、と希祥は優しい笑みをもらす。

『今、どこに!? どうしているんです!?』

「青森《あおもり》」

と電話ボックスのなかで希祥は呟《つぶや》いた。

『はぁ？』

希祥は青森にいた。しかし青森に来たかったのではない。場所はどこでもよかったのだ。

彼に必要だったのは、潜伏《せんぷく》する「場所」ではなく「時間」だったからだ。

他人に邪魔をされず、自由に動き回れる「現在」。それを確保するため、彼は部屋をきれいにし、手がかりをつかみにくくして失踪《しっそう》した。

『希祥さん、ジュニアが…』

「知っている。というか強く感じる。放送を見たのか？　それ、録画だろ？　あいつはそろそろ日本上空だ」

と希祥はチラッと空を見あげた。

地味なベージュのダウンジャケットにジーンズ姿だ。黒地の服は、みんなが捜すだろうと思って身につけていない。足取りをつかませないため、愛車《バイク》も自宅に置いてきてある。

「あいつは自分に一番有利なタイミングを見計らって、訪日する。だから俺も次のテを打とうと思ってね」

『どういう意味です？』

「今にわかる。『未来干渉』だよ。俺たちは争奪戦の真っ最中だ。あんたには、今すぐ青森に来てほしい。ポートランド第五公園だ。青森湾埋め立て地に建設された、ポートランドだよ」

『なんですって？』

「……あいつはジュニアじゃない」

希祥は、話を先導した。

『か、確信できる証拠をつかんだんですか？』

と上月《こうづき》は尋ねた。

「ああ。オヤジが死んだときにね。そろそろあんたも確信するころだ。じゃ」

希祥は電話を一方的に切ろうとした。ふと思い止《とど》まってこうつけ足す。

「それから、ここからは先は妃七《ひな》を巻きこむなよ」

『なん…？』

上月の声を途中でカットして、希祥は電話ボックスを出た。

曇《くも》っていた空の裂け目から、サッと光が舞い降りてきた。

海鳥が視界を掠《かす》める。

希祥の目の前には海が広がっていた。

背後には２０４５年に開拓された、新しい街が。

地盤も建設物も、みんなピカピカ。青森の新天地と言われている、ポートランドだ。

今、売りだし中の超高層分譲マンション群が、天に向かって真っすぐ伸びていた。

「外海《オープン・シー》、か。心の外にある海……」

オープン・シー。その逆は内海。インランド・シー。

本来は広々とした外洋のことを外海、陸地に挟《はさ》まれた海を内海と言う。シェルドンはそれに
「内界」（精神世界）をひっかけ、心のなかにある海を「インランド・シー」と呼んだ。

「さて、俺も外・戦闘《オープン・バトル》の準備に入るか……？」

冬の到来を告げる暗い海に向かって、希祥は呟いた。

＊　＊　＊

一時間後、シェルドン・ジュニアは東京に降り立った。

誰が予測するよりも早い到着で、報道陣は虚《きょ》をつかれた。

彼はその足で「ラボ」へ。

ちょうどそのころ、ラボも警察も慌《あわ》てだしているところだった。

ジュニアの来日。大勢の人が兄弟の対面に注目している。こんなときに「どこにいるか、わかりません」ではすまされない。

「そうなんですか。五日前から行方《ゆくえ》が……僕、ちょっと捜してみましょうか？」

とジュニアは、まるで近所の子犬を捜しにいくように返した。

そう、彼にとって、いない人を見つけることは、造作もないことだったからだ。

Eサイコ追跡調査。失踪直前から現在までの時間の軌跡を、Eサイコ能力で追跡するのだ。

ぜひ同伴《どうはん》させてほしい、という警察官を数人つれて、ジュニアは一路、北へ向かった。

上月は青森行きの超高速新幹線に飛び乗った。

事情はともかく、希祥からの電話はメモ以来の新しい手がかりだった。

電話の声は落ち着いていたが、性急さは電話の切り方一つからでも伝わってくる。

――妃七を巻きこむなよ。

あの希祥の言葉。

彼女の身を案じてそう言うのだろうが、それは裏返すと、剣呑《けんのん》なことを考えているということになりはしないか？

妃七に知らせるべきなのか、上月は悩んだ。

結局上月は、希祥との電話の内容を封書で妃七宛《あ》てに送った。

明日の昼には届くだろう。今、授業中の彼女を青森へ同行させることはできない。しかし、一つ一つ、足跡を残しておくこと。それが今回、一番肝心《かんじん》なことのように思えたのだ。

「ジュニアじゃない、か」

希祥の言葉を思い出す。

――そろそろあんたも確信するころだ。

どういう意味だろう？

希祥は自分に、なにかジュニアの正体に関《かか》わる証拠を見せようとしているのではないか？

上月を乗せた新幹線が青森へ……。

そしてジュニアを乗せた警察の特別機は、その差三十分で、青森空港についた。

＊

時間軸と……

空間軸が接近する。

それを「出会い」と呼ぶのかもしれない。人間はみんな、そうやって「接点」を結ぶのだ。

彼らはどちらも、出会うそのときを予知し、出会う瞬間を視ていた。

出会うことが、未来の運命《さだめ》だとするのなら、あとはどれだけの「切札」を持って出会うか？

それがその後の、未来と運命を決める。


石畳《いしだたみ》が海岸線にそって敷かれている、全長一キロほどの公園だった。

一方は海で、もう一方は種々の木々が植林された人工森林になっている。

森林のなかには、枝道がたくさん作られていて、所々にベンチが並んでいた。

潮の薫《かお》りがしていた。しかしその薫りも凍りつくほどに空気は冷たい。

海は漆黒《しっこく》に……空も海の色に同調している。もう夜の七時だ。

コツコツコツ……と軽い足音が響いた。

その音に、ベンチの近くにあった黒い影がわずかに揺れる。

「やぁ」

というのが、義弟の最初の言葉だった。

少年は白っぽいロングコートに身を包んでいた。

ふわふわとした金の綿飴《わたあめ》のような髪が、街灯の光を反射している。

少年の義兄は公園のベンチの背に、腰をかけるようにして立っていた。

まるでそこで待ち合わせていたかのような態度で。

「ちょっと、座ってもいい？　なんだか疲れちゃって……ドイツから青森まで、だからね」

金髪の少年、シェルドン・ジュニアはそう言ってほほ笑んだ。

言葉は日本語だった。希祥を超える天才だ。数カ国語話せたとておかしくない。

希祥はなにも言わなかった。肯定《こうてい》もしなかったし、拒絶もしなかった。

ジュニアは警戒もせず希祥に近寄り、ベンチに腰をかけた。

「運動しないからだ」

希祥は、そんな義弟を斜めから見下ろして声をかけた。

「そんなことない。ちゃんと動いてるよ」

「どうだか？　で、はるばる日本にきた甲斐《かい》はあったのか？　ちょっと遅かったってか？」

二人以外、意味のわからない会話だった。しかし雰囲気《ふんいき》は、誰が見ても和《なご》やかだった。

初対面の挨拶《あいさつ》すらしなかった二人のあいだの空気は、このあとも不思議と穏やかに流れた。

希祥はあれほどにジュニアを警戒していたのに？

上月がこの現場を見ていたら、きっと「異様」に映ったに違いない。

「余計なことを他言してくれたね」

と、しばらく無言だったジュニアが、そう言った。

どことなく、口調がテレビカメラの前にいるときと違った。

「ところで、心療科の医師って、みんなあんなに用心深いの？」

とジュニア。

「あんなに？」

「会話の内容を一々、紙に書き留《と》めておく。ディスク付きだよ？」

ククク……と希祥が笑った。

「おまけに、三枚もコピーして、色々なところに預けるんだ」

「ははは……おもしれぇ。ちょっとした警告はしたが……あいつ、そこまでやったのか」

その「あいつ」が聞いたら「笑い事じゃないですよ！」と言うに違いない。

希祥が上月にかけた深夜の電話。

――忘れてしまったことがある。

あれは、一つの警告。上月が証拠を残しだしたきっかけ。

そしてジュニアが来日する。ドイツでのほほんと視ていられなくなったからだ。

「話した内容が頭にあるあいだに、消すべきだった。紙に書かれると厄介《やっかい》なんだ」

そうだな、と希祥がつづきを語った。

「記憶の一ページを破り捨てるより、メモ一枚を燃やすのは難しい。まず、そこまで出向かなきゃならないし、出向くと出向いたという事実が発生する」

「……」

「となると、今度は証拠を湮滅《いんめつ》したっていう『過去』を消す作業ができる。時間軸を工作するのは、面倒でしょうがないってか？」

「面倒すぎてやる気にもならない。でもこれ以上、僕の『正体』を詮索《せんさく》されるのは困る」

とジュニアは返した。

「困らなくていいさ」

希祥は呟いた。

「……」

「できなくしてやる」

「……」

たった今まで、穏やかだった空気が、槍《やり》のように鋭く変化した。

希祥からジュニアに向かう「殺気」。

「よしたほうがいいよ、希祥」

とジュニアは語った。

「僕、警察官と一緒に来たんだ」

「知っている。葬儀にキリがついて、ドイツを離れるタイミングは上々だ。おまけに俺が失踪して五日。そろそろ警察もラボも不審《ふしん》をもちはじめているころだ。そのころ来日すれば、どういう格好《かっこう》であれ、自分の周囲に警官がつく。みんな計算どおりなんだろ？」

「……」

「けれど、警官を連れてくれば、俺が思いとどまると思ったのなら、それは誤算だ」

懐《ふところ》から布に包まれているものがでてきた。

布は滑るように、希祥の足元に落ちた。

銀色に輝いているのは、今日、購入したばかりの包丁だ。

「希祥……」

「ぶっ殺してやる」

希祥の瞳は、金髪の少年に吸いついていた。

＊

上月が公園に足を踏み入れたとき、大捕り物の真っ最中だったといっていい。

希祥の指定した公園は捜し当てたが、公園のどこにいるのか？　辺りは暗いし、なかなか見つからない。

人が騒ぎだす気配を感じて、ようやく上月は希祥のいる場所へと辿《たど》り着いたのだった。

「くそっ！　ワケもわからず邪魔するんじゃねぇ！」

二人の私服警官は、希祥を捜索に来た東京の警察官だった。

よもや、殺人未遂《みすい》事件の犯人を取り押さえることになるとは、思っていなかった連中だ。

「き……希祥さん!」

希祥が振りあげている包丁を見て、上月も愕然《がくぜん》とした。

おまけに、希祥のそばにいるのは、シェルドン・ジュニアではないか。

よせ！ といって警官が希祥の手から包丁を取りあげる。

もう一人は、腰をガッチリ拘束《こうそく》して、希祥の動きを封じようとしていた。

上月はすぐそばにいるにも関わらず、動けなかった。どう動いていいのかわからなかったし、なぜこんなことになっているのかも、わからなかった。「剣呑」という単語は予想していたが、抜き身の包丁が出てくるとは、さすがに思いもしなかったのだ。

まさか、希祥はこの犯行の現場に立ち合わせるために、自分を呼びだしたのか？

「希祥」

もがく希祥が、ジュニアの呼びかけに「うるせ――――!」と返した。

「希祥、一体、どうしたの？ どうしてそんなに憎むの？ 僕はなにもしてないよ」

「うるせぇ！ しゃべるな！」

「ねぇ希祥。落ちついて聞いてほしい。死んだお父さんから……」

「うるせ――――!!」

希祥は激しく拒絶した。

「お父さんからの、遺言《ゆいごん》があるんだ」

ジュニアは希祥の拒否をあっさりかわして、語りつづけた。

「兄弟、仲良くするようにって。希祥、お父さんの言うことはきけるよね？」

「くそっ！　しゃ……べるな……！」

「お父さんの言葉だよ。希祥」

うるせー！　うるせー！　うるせー！

耳を塞《ふさ》いで絶叫する。

俺に話しかけるんじゃやねぇ！　ぶっ殺してやる！

そのとき——希祥の身体《からだ》は突然、斜めに傾《かし》いだ。

「き、希祥さん！」

その姿を見て、硬直していた上月の足が動いた。

駆けよって、希祥の肩を抱く。

「希祥さん！」

希祥は両手で耳を覆《おお》っていた。

身体は小刻みに痙攣《けいれん》している。

ひどく冷たい汗にまみれている希祥の身体。

希祥の精神が過度に緊張しているのが、間近にいる上月に伝わってきた。

「きゅ、救急車を！ 早く！」

ワケがわかっていないのは、上月も警官も一緒だった。

あわてて、警官が119番に連絡する。

「上月……」

希祥は力をふりしぼるような声で呟いた。

「な、なんです⁉」

「あいつ…は、ジュニアじゃな……」

希祥はフッと現世から遠ざかるように、失神した。

＊　＊　＊

希祥は昏睡《こんすい》状態におちいった。

青森から東京の警察病院へ。

脳波がEサイコ能力者特有の「スキップ」を起こしていたなら、ラボの付属病院行きだったろうが、脳波は安定した通常の波形を示している。眠りでいうとレム睡眠の状態だ。

ただし異常なことに、丸二日たっても、希祥はレム睡眠から目覚めなかった。

ノンレム睡眠にも移行しない。

自然な眠りだと、レム睡眠とノンレム睡眠を交互にくりかえし、やがて覚醒《かくせい》するのだが、彼はまるで意地になって、レム睡眠にしがみついているように、目覚めようとしなかったのだ。高いEサイコ能力者の特異な、また従来のケースにまったく当てはまらない昏睡《こんすい》は、五分後なにが起こるのかも予測がつかない。

応急処置として、生命維持装置につないでおく以外、なにもできないのが実情だった。

その間に、希祥のジュニアに対する凶行は内々に処理された。ジュニアがそれを申し出たのだ。ひどく錯乱《さくらん》していた、とジュニアと警官は口を揃《そろ》え、その件については上月も同意見だった。

意味不明のことを口走り、包丁を振りかざした希祥。

「しかし…痙攣を起こしたのは、ジュニアの言葉を聞いたときだ」

と上月は呟いた。包丁を振りかざす行為より、不自然に見えたあの拒絶。

あのときジュニアはなんと言っていた？

――お父さんの言うことはきけるよね？

なぜ？　なぜ希祥は、そんな問いに過敏になったのだ？　「お父さん」という言葉に過敏になったのだろうか？　しかし今まで、義父のことでここまで極端なショック状態におちいったことはなかった。もしや……

「希祥さんは、『お父さんの言うこと』、『お父さんの言葉』に過敏になったんじゃ…」

――お父さんの言葉だよ？

ジュニアは、そう言っていなかったか？

希祥に付き添うような形で、ジュニアとともに東京へ帰ってきた上月は翌日、警察の事情聴取をうけ、自宅へ戻った。

事件から二日後の今日は、早朝から大学病院に出勤している。

ここは、病院内にある上月の私室だ。
四、五畳ほどの小部屋で、業務用のパソコンデスクと椅子《いす》、小さな円卓と来客用ソファが置いてある。「教授室」ともなれば、この三倍の広さがあるのだが、上月の今の身分では、これ以上は望めない。
時間は……午前九時にもうすぐなろうとしていた。

「ともかく、希祥さんはジュニアの声に、すごい拒絶反応を示したんだ」

うるせぇ――――！

狂乱するように叫ぶ希祥の様子が、脳裏《のうり》から離れないのだった。

普通の人には、あまり聞き馴染《なじ》みのない絶叫。きっと不快感だけが胸に残ったに違いない。

しかし、錯乱する奇声に、上月は免疫《めんえき》があった。何度聞いても慣れる、というわけではないが、しかし動揺と嫌悪以外に、冷静に状態を判断するということも、仕事上必要だったのだ。

そういう意味では、上月はプロだった。

プロである彼は、あのときの希祥の様子にひっかかるものを感じていた。

――こいつは…ジュニアじゃない。

希祥の言葉を思い出したそのとき、来客をつげるドアフォンの音がした。

上月は「どうぞ」と声をかけた。

自動扉が開かれる。

小首を傾げて佇《たたず》んでいるのは金髪の少年だった。

ただ、今日は警官も連れず一人だ。内々の話がしたいと、突然アポを入れてきたのだが、その言葉どおり「こっそりやってきた」という様子だった。

「ドクター・上月。あの……ごめんなさい。お忙しいのに」

と彼は言った。あの夜と同じく、流暢《りゅうちょう》な日本語だった。

「かまいませんよ。ちょうど僕も話したいことがあったんです」

と上月は穏やかな日本語で返答した。

＊

「お会いできて光栄です。あのときは取りこんでいて、ちゃんと挨拶できなかったので……」

と、少年は上月に敬語を使い、ほほ笑んで右手を差しだしてきた。

「…とんでもない。こちらこそよろしく」

上月はその右手を握りかえして、手を離したとき、ほんの少し違和感を覚えた。

ジュニアは笑顔は、握手の間つづいていた。

時間にして三秒。

三秒は、けっこう長い。ずっと頬《ほお》の筋肉を持ちあげて維持しているには、長い時間だ。

作り笑い、か。

上月はそのとき、イヤに敏感な自分に感心した。

こんなに警戒心をもって初対面の人と話したことはない。

いつもは逆に先入観を持たないようにしているのだ。

どうぞ、と上月は来客用の椅子をすすめた。

自分はデスクの前のキャスターつき椅子をひっぱってくる。

「実は義兄のことで相談が……」

とジュニアは切りだした。

「僕も、彼のことを相談したいと思っていたんです」

と上月は返した。

「この部屋には盗聴器やカメラはついていません。僕の私室なので。そこで、率直な話を聞かせてもらっていいですか？」

と上月は、椅子に行儀よく座った少年にこう問うた。

「あなたは、フレデリック・シェルドン博士、ご本人ですね？」

ジュニアは、そう語りかける心療科医を、じっと見つめていた。

＊

「ええっと……なんで？」

「とぼけますか？　みんなあなたには視えているのに？」

と上月が言うと、少年は頭を掻《か》いた。

「いや、そのなんで、ばれたのかなぁ？」

と言って、今度は眉間《みけん》をコリコリ。

口調は十七歳のままだが、彼はあっさり事実を認めていた。

とぼけるのも格好悪いと思ったのだろうか？　しかし、とぼけた表情のまま認めるから、上月のほうがはぐらかされた気分になった。

フレデリック・シェルドン。

Eサイコ学の提唱者にして、希祥の義父。

「若返りは……今、ヨーロッパじゃ、流行なんですって？」

と上月はそんな話をした。

「ああ、『テロメテーゼS』ね」

ヨーロッパで最近売りだされている、若返り薬だ。

DNAのある一部分を活性化する作用がある。大変高額なので、庶民には手がでないが、大金持ちは愛用をはじめている。だから八十歳の大会社会長が、見た目六十歳という時代は、現実として到来しているのだった。

「でもあれ、市販されたばかりで……普通、五十が十七に……って考えないよね？」

「不可能でしょうね。十七歳は発育段階なので、そこまで逆行させることは、薬では無理だと思います」

「じゃ、どうして？」

「別の方法での年齢退行現象を見たことがあるんです」

「……」

「Eサイコ能力者でした。スキップ現象の研究家で、『ラボ』の元所長です」

それは今は亡き、兼之沢《かねのきわ》のことだった。

彼は独自の理論で、無意識界へつづく「路《みち》」の研究をしていた。

そして「路」や無意識界の時間軸は、現実と流れが違っていることを、身をもって証明したのだった。彼は実験をつづけるうちに、どんどん若返り、百歳を手前にして、いったん、脱毛した頭に髪が生えだしていたのだ。

「彼の若返りは微々たるものでしたが、彼は薬を使わず若返りが起こせることを証明しました。なら、あなたにできないはずがない。違いますか？」

「……」

「というのは、単なる付属の謎解きにすぎません。僕にはEサイコ能力も直感もないので、一つずつ、根拠を探り理屈で真相を解明していきます。あなたがシェルドン博士だと確信したのは、希祥さんが包丁を振りあげたときです」

「……」

「彼が殺したいほど憎んでいるのは、この世で、義父のシェルドン博士だけなんです」

上月は少年の碧《あお》い瞳を見つめて、そう断言した。

＊

希祥は上月に言っていた。

――そろそろ、あんたも確信するころだ。

そう言って、青森へ導いた。

その青森で上月は確信する。

――ぶっ殺してやる。

希祥がそう言いつづけている人物は一人しかいない。

――ジュニアじゃない。

「彼は、あなたの殺害には失敗しましたが、一矢《いっし》は報いました。あなたがシェルドン博士であることを、僕に確信させることに成功したんです」

「……」

「最近の希祥さんの言動は、ずっと謎めいていたんです。彼は博士には実子はいないと言い、ジュニアのクローン説も疑わしいと言っていました。なら本人というセンが濃厚になる」

「はい、先生」

とシェルドンが手をあげた。

「でもジュニアは博士の葬儀をすませてます。みんな見てます」

「と、錯覚してる。集団催眠《さいみん》ですか？　葬儀が小規模で行なわれたのは、錯覚させる人の数が多いと困るからです。希祥さんは、博士が亡くなったと言われている日の午前三時、電話をかけてきました。その時、彼はシェルドン博士は健在だと言っていたんです。正確には『達者《たっしゃ》なジジイだ』でしたが。彼が十二時に死んでいると、おかしいですね」

「はい、先生」

と目前の少年が手をあげて、上月に尋ねた。

「それって、希祥が間違っているとは思わなかったんですか？」

「思わなかったです。なぜなら、彼は僕に嘘をつく人じゃないから」

「……はい、先生」

「手、あげなくてもいいです。どうしてあげるんです？　博士」

と上月は妙な気分で尋ねた。

「いや、十七歳らしいかな、と思って」

「……」

どうも言動を容姿に合わせているらしい。

「ま、正体ばれちゃってから、推理のアナを突いても仕方ないんだけど…Eサイコ能力者にばれないよう小細工するのに、けっこう苦労したんだ。それなのに、直感のない心療科医にあっさり正体を見破られるってのは……なんか」

「残念でしたね、博士」

「うん。残念だ」

と少年は腕を組んでうなった。

「希祥さんは、あなたが博士であることにずいぶん前から気づいているようでした」

と上月は言った。

「そうだね。希祥はだませないと思っていた。気づかれそうになって、一度、記憶を切ったけど、『失った』っていう事実が仇《あだ》になってね」

深夜の電話の件だろう。

「けど、たとえ私がシェルドンであることに気づいても……それを他言するとは思っていなかったんだ。そういう子じゃなかったから」

「……」

「いつのまにか自分の秘密を語る、という方法を覚えたようだね。そういった人間関係を作るのは、とても苦手だったのに……」

シェルドンの口調はいつのまにか「父親」のものに変わっていた。

＊

「一つ尋ねていいですか？　博士」

と上月は反問した。「いいよ」と彼は即答した。

「どうして日本へ？」

「それは……色々な用件が重なっている。まず君が残した証拠の隠蔽《いんぺい》。私がシェルドンである、ということを推理させる書類だ。記憶はドイツからでも消せる。君が寝入ってくれたら、精神世界からアクセスできるからね。しかし紙やディスクはね。足を使わなきゃならない」

と博士は語った。

しかし、その湮滅《いんめつ》も半《なか》ばあきらめているらしい。

上月は一枚の証拠ではなく、複数コピーして、ばらまいたからだ。

妃七の手元にも一部ある。

湮滅するにも時間と手間がかかる。今は指紋さえ残さなければ、完全犯罪が成立するという時代ではない。湮滅した、という「時間」を消去する。そうしなければ、腕のいいEサイコ能力者に、たちどころに暴《あば》かれてしまうのだ。

「そもそも、博士はどうして若返りなど起こしたんです？」

と上月が問うと、「それは老化現象の始まった身体より、よほど能率的だからだ」と返ってきた。

だが、いかに能率的とはいえ、その手法が常軌《じょうき》を逸《いっ》している。知れ渡ればパニック。若返りのプロセスは、当然、追及されるだろう。

「流行、というものはコントロールが難しい。今、五十歳が十代に若返れると公表しても、いい流れは起こらない。ましてや、それがEサイコ能力者限定の方法だなんて、Eサイコ能力者がいじめにあうようなことになったら困るじゃないか」

「だから、『死亡説』をでっちあげたんですか？」

「まぁね。厄介《やっかい》ごとは邪魔くさいし……ね」

人類の未来を危惧《きぐ》したというより、本音は「邪魔くさいから」みたいだ。

「日本にきたのにはもう一つワケがあって……希祥と折り合いをつけたかった。反抗されるとなにかと厄介でね。今回の件以上に、私に不利なことをしてくると困る」

「未来干渉ですか？」

「そう。今回も相当派手にやらかした。未来干渉ってのは、言い換えると、先手をうってことだよ。布石《ふせき》をうつ、でもいい。先手をうって、有利にコトを運ぶ。もっとも、こういうことで私に張り合えるのは、希祥ぐらいなんだ」

どのような未来干渉が行われたか？　青森での事態をまとめてみよう。

二人は夜の公園での「再会」を予知した。

希祥は、かねてから「再会したらぶっ殺す」を実行する気でいた。

義父は、その希祥の行動を視越《みこ》して、警官を同行させた。

希祥はさらに「上月」という布石をうった。自分が失敗しても、ジュニアの正体だけは暴こうと考えたのだ。

これが未来干渉だ。

細かい干渉をつけたすと、ピアノのうえにあったメモも、希祥からの電話もそうだし、博士の葬儀のタイミングも、その一部だ。

「その希祥さんのことですが……」

と上月は姿勢を正した。

シェルドン博士が、外見年齢でいくつであろうと、上月はあまり気にならなかった。

目の前にある問題が、あまりに大きかったからだ。もしも今、希祥が通常の状態だったなら、十七歳のフレデリック・シェルドンの出現に、もっともっと驚いていたに違いない。

「そう、希祥のことなんだ」

と、その博士も返した。

そして二人はほぼ同時はこう言った。

「彼を助けたい」

「あの子を助けてやってくれないか?」

五　過去のスクリーン

「今回の件で私もよく理解した。あの子は私をひどく憎んでいる。今も希祥《きしょう》は、深層意識のなかで私を待ち伏せしているんだ」

　シェルドンは言った。

「では、希祥さんが覚醒《かくせい》しないのは？」

「私をおびき寄せるためだ。知らぬ振りをして、すっとぼける。というのも手だが、周囲の状況が許さないだろ？」

　たしかに、このまま希祥が眠ったままだと、ラボも国もなにか手を講《こう》じなければならなくなる。近々、ジュニアの助力を請《こ》いにくることは間違いない。ジュニアの立場としては……断れないということだ。

「ま、誰に言われなくても、一度は希祥とちゃんと話さなくてはいけないんだ。けれど、ああ好戦的だと、ね」

「彼はなぜ、あれほどあなたを憎むんですか？」

と上月《こうづき》は尋ねた。

「彼は以前、義父…つまりあなたは情の薄い人だと、言っていました。病気になった苑望《そのみ》さんと希祥さんを残して失踪《しっそう》したことも、激しく怒っていた。しかし、本気で殺意をもつ理由としては、動機が薄いんです」

語りながら、実のところ、上月は内心、尻込《しりご》みしていた。

この親子の間にあることを、自分が知ってしまっていいのか？

知ってしまったら、自分と希祥の関係は、確実に変わってしまう。

それも……悪い方向へ変わってしまうかもしれない。

「実を言うと、私にもわからないんだ」

とシェルドンは、十七歳の顔をしかめた。

「推測はできるよ。けれど、私を殺してもメリットがあるとは思えない」

「メリットがなくても殺意にはつながります。人は衝動的にも人を殺すし、自分にデメリットがあるとわかっていても人を殺します」

「それ！　そこだよ」

とシェルドンは人差し指を上月に突き立てた。

「それが私には理解ではない」

「……」

「ど～しても理解できない」

どうしても理解できない？

世界的に有名なEサイコセラピストとは思えない言葉だった。

上月はこの言葉に、僅《わず》かなひっかかりを感じた。

「では、一つ、質問させてください」

いいとも、とシェルドンは返した。

「青森《あおもり》でのことです。希祥さんはあなたの『お父さんの言うこと』『お父さんの言葉』という文句に、ひどく怯《おび》えたように見えたんです」

「それで？」

「彼の凶行より、僕はそのときの希祥さんの様子のほうが気になっています。ああいうひどい拒絶は……精神面にある種の規制が……」

「はい、先生」

とシェルドン。また右手をあげている。

「だから、手はあげなくてもいいです」

「先生は、私が希祥に『暗示』をかけていると疑っている」

その通りだった。あの突然の痙攣《けいれん》や失神が、いきなり起こるとは考えにくかったからだ。

「でも答えはノーだ。私は特別なことはなにもしていない。ただ希祥がなぜああなったのか、その推測はつく」

シェルドンは「推測」を語った。

「希祥は私に逆らえない。『逆らえない』と思いこんでいる」

「思いこむ？」

上月の脳裏《のうり》に「自己暗示」という言葉が閃《ひらめ》いた。

「そういう関係だったんだ。我々は」

「……」

「ある種の……『契約関係』が成立していた」

上月の表情は、話がすすむにつれ硬直していった。

*

本当は知りたくないんだ。

上月の本心はささやいていた。

希祥の隠された過去など、知りたくない。掘りだせば、きっと自分は後悔する。

希祥のマンションで、足が竦《すく》んだときのことを思い出す。

——希祥には、他言できないような秘密がたくさんある。

だからあんなにおじ気《け》づくのだ。

普段着の希祥を見ただけで。

マンションに足を踏みいれただけで。

上月には直感はないが、経験があった。

希祥とよく似た生い立ちの人。

希祥とよく似た性格の人。

希祥とよく似た体質の人。

みんな、ひどく心を痛めている人たちだった。

どんな過去や経験が、彼らを追い詰めていったのか？　その実例も…たくさん知っている。

たくさんたくさん、知っているのだ。

だから、知りたくない。知らなくても、きっと「コレ」に類似《るいじ》したことがあったに違いないと、推測できるから。

推測で十分だ。具体的に知ってしまったら……きっと自分は後悔する。

「それで……私の依頼を受けてくれるのだろうか？」

シェルドンの声に、上月の逃げる心は、行き場を失う。

依頼を断る？　いや、断れない。自分はプロだ。

けれど、友人を「担当」として扱うのか？　そんなこと、したくない。

担当したら、みんな知らなきゃならないんだ。聞きたくないことも、聞かなきゃならない。

心の治療は心にメスを入れる仕事だ。心を切開し、膿《うみ》を搾《しぼ》りだす。

相談者は、血の代わりに涙を流す。

綺麗事《きれいごと》では……絶対にすまない。

しかし――このままではいつまでも「上月創《はじめ》」は怯《ひる》んだままだ。希祥を救いたい、支えたいと口では言いながら、土壇場《どたんば》で尻込みしたままなんだ。

上月はジレンマにおちいっていた。

希祥のことは心配だった。心底、心配していた。

外科医は患者を救う際、血まみれになる。

今、自分にもそれぐらいの覚悟が必要なのではないか？

「……わかりました。お引き受けいたします」

臆病《おくびょう》な自分が、上月は嫌いだった。

幼少のころから。

そんな自分への諫《いさ》めもあった。

――いつかみんな話す。

希祥の言葉だった。その言葉が、ヤケに胸をついた。

自分から話す。それは、信頼もなく彼の口からでるセリフではなかったからだ。

今、逃げたら……そう言ってくれた希祥さんに、申し訳がない。

「シェルドン博士、当人のあなたが、どうして希祥さんが殺意をもつのかわからないという以上、誰かが客観的に、事実を知る必要があるんです」

「なるほど。で、君が希祥の殺意を解明して、私に教えてくれるんだね?」

「本当に、あなたにはわからないんですか?」

「わからない。とぼけているわけではなく、理解できない」

とシェルドンはまた断言した。

嘘をついているようには見えなかった。

しかし、彼は心理学者ではなかったか? 分析は専門分野ではないか?

「では博士、今から我々の立場は、若干《じゃっかん》変化します。まずあなたと希祥さんとの関係は、包み隠さず僕に教えてもらわなければなりません。嘘はなしです。それを約束していただけますか?」

「はい、先生。約束します」

とシェルドンは宣誓《せんせい》するように片手をあげた。

きっと……希祥さんはいい気がしないだろうな。

今更《いまさら》ながら、上月はそう思った。彼が憎んでいる義父から、すべてを聞きだそうというのだ。

でも希祥さん。あなたをこのままにはしておけないんです。

自分も、このままではいけないと、思うんです。

と上月は一人、心のなかで言い訳した。

「えっと、その……やり方について一つ提案があるんだ」

とシェルドンは言った。

「なんです？」

「言葉は語弊《ごへい》が多いので……この際、見てもらったほうが早い」

「？」

「一種の過去見だよ。疑似夢《ぎじむ》のなかで、映画を観《み》ると思えばいい」

過去の出来事を、精神世界で映像化するのだ、とシェルドンが補足する。

「でも、僕にはEサイコ能力なんか……」

「眠ってくれればいい。あとは私がやる」

「……」

上月は沈黙した。

「希祥の今の状況からいって、モタモタできないんだ。時間短縮したい。通常の方法をとったら、分析結果が出るまで一週間はかかる。おまけに実例のない話だ。Eサイコ能力者のカウンセリングは、やったことがないだろう？」

上月は思案した。異常な昏睡《こんすい》におちいっている希祥。一刻の遅れが命にかかわることは大いに考えられる。ここで躊躇《ちゅうちょ》している場合ではない。

ただ「映像で」というのが、上月を怯《ひる》ませていた。それは言葉で聞くよりも…十倍、リアルだからだ。それにシェルドンは「記憶の妨害」ができる。なら、夢のなかで嘘の映像を作りだすことぐらい、容易《たやす》いはずだ。もし嘘をつかれたら…？

「夢のなかで嘘はつけないんだ。『切る』ぐらいならできるけど。嘘をつくなら、言葉のほうがてっとりばやい。こうやって話しているうちに『催眠』にかけ、先生に嘘をすり込む」

上月はドキッとした。シェルドンが彼の不安を看破《かんぱ》したからだ。

「『言葉』のほうが先生に不利なんだ。でも先生が、あえてその方法でなきゃいやだ、というのなら付き合ってもいいが……お互い、メリットはないね」

わかりました、と上月は答えた。たしかに、小細工をしなくても嘘はつける。嘘をつくために疑似夢を作る必要はない。メリットにこだわる彼が、手間のいる方法で心療科医をペテンにかけても、それこそメリットはない。

そう分析して、上月は自分の臆病《おくびょう》な心に決着をつけた。

「じゃ、はじめよう」

「その前にひとつだけ、言葉で真実を聞かせてください。いきなり映像では私が保《も》たないから」

「?」

「博士は十五歳の希祥さんと、十七歳の姉、苑望さんを引き取りましたね?」

「うん」

シェルドンは、軽く返答した。

上月がどんな質問をしたがっているのか、シェルドンにはわからなかったのだろう。

上月は何度か言いためらった。何度か深呼吸した。

何度かおじ気づく自分を諫《いさ》め、そしてようやく、こう質問したのだった。

「あなたは、彼らに対し、虐待《ぎゃくたい》や……性的虐待をしたことがありますか?」

一番、触れたくないことだった。でも一番、可能性があることだったのだ。

子が親を憎む最大の理由だ。昨年、２０４６年の調査では、親子間のトラブルのおよそ80%が、親の虐待に起因《きいん》しているという結果が出ている。

心療科の医師になって、上月はもう何十件もの実例に出くわしていた。

でも、こんなこと聞きたくないんだ。友人や親しい人の……こんな過去は、知らないほうがいいに決まっている。

シェルドンの返答を待つ間に、上月には何度も、彼がイエスという声が聞こえたような気分になった。

「答えはノーだ。私は彼らに対し、犯罪行為にあたることはなにもしていない」

とシェルドンは言った。

＊　＊　＊

「しっかし、暗示にかかりやすい体質だね？」

「いいじゃないですか！　それだけ時間が短縮できたんだから！」

上月は自分の夢のなかで真っ赤になっていた。ま、額《ひたい》に手を添えられて、五秒で眠ったとあっては、そう言われても仕方がない。

上月のそばにはシェルドンがいる。ジュニアの格好《かっこう》のまま、腕を組んで立っていた。

「しっかし、なんて地に足がついた夢なんだ」

「いいじゃないですか！　そんなのどうだって」

たしかに、今さっきまでいた上月の私室と、さして変わらぬ小さな診察室だった。

「想像力が乏《とぼ》し……」

いいじゃないですか！　とまた上月が言い返した。

ここは上月の夢の世界。シェルドンは上月の深層意識にアクセスし、彼の夢にお邪魔している形になる。このように、Eサイコ能力者は他人の夢を自在に渡る力を持っているのだ。

「では、まずはオープニングから……」

と彼は窓のロールスクリーンを下げた。これに「映画」を投影《とうえい》するつもりらしい。

「ねぇ、もうちょっとイメージを広げてくれると、立体映像で……」

「いいからはじめてください！」

と上月が怒鳴《どな》った。

＊

広い洋間だった。高級なシルクの絨毯《じゅうたん》が敷いてある。

家具はみんなシックで、クリスタルのシャンデリアが、吊《つ》ってあった。

誰かの白い背中が映った。

——また喧嘩《けんか》したのか？

深みのある男性の声がした。初めて聞く声だったが、聞き心地のいい声だ。

——うっせ〜よ。

白いと思えたのは白衣で、その姿が画面から消えると、その向こうに一人の少年がいた。

希祥さんだ。と上月は思った。

今よりひと回り小さい。

今よりも痩《や》せていて、細面《ほそおもて》な顔にひときわ鋭い輝きを放つ瞳が印象的だった。

今よりも、ずっときつく、野性的な顔だ。

傷ついたネコの子みたいだ。と上月は思った。

――高校は面白《おもしろ》くないか？　やれやれ、相手が怪我《けが》をしたとあっては、私はまた学校に呼びだされるだろうな。

少年に接している白衣の男はシェルドンだろう。

無造作にのびた金髪を束《たば》ねている。彫りの深い顔に碧《あお》の瞳。たしかにジュニアが数十年歳《とし》をとったら、こういう出《い》で立《た》ちになるのかもしれない。

――うざってぇ……！　いつもいつも、勝手に人の学校生活を視《み》てんじゃねぇ！

――しかし、お前はなにも教えてくれないし…今日、なにがあったのか、親としては気になるんだよ。過去見もこういうときにこそ利用しないと……

――うるせぇ！

短く叫んで、少年は部屋から出ていった。

「このころはいつも反抗的だった。引き取ってからひと月は口もろくにきかなかった」

と上月の横にいるシェルドンが語った。

「あなたはいつも、彼の学校生活を、過去見という方法で観察していたんですか？」

と上月は質問した。

「いつも、ということではないが、顔を腫《は》らして帰ってくると、なにがあったのか知るのは親の義務だ。どうした？　と尋ねても、答える子じゃなかったから、視るしかない」

「……」

しかし、希祥の気に障っていたのだ、と上月は感じた。

ああいう性格だ。きっとクラスメイトとの折り合いは悪かっただろう。

教師とも衝突していたかもしれない。

父親に視られたいはずがない。

たとえ優等生でも、一部始終知られると腹を立てるものだ。

「結局、高校は半年もつづかなかった。学校側からも個人教育をすすめられてね。ま、それからはネット教育に切り替えた」

「家庭教師は考えなかった？」

「家に他人を招くのは、私が嫌いだったんだ。希祥が唯一、熱中したものといえばピアノだったんだが、そのレッスンも、衛星通信画面を通してのものが大半だった。ほら、『お茶の間留学』だよ」

「衛星テレビ電話を使ったものですね？『世界の巨匠とその場で対話できる』で有名になった」

「そうだ。レッスンが高度になり、生《なま》の音でなければニュアンスが伝わらないと言われて、数度は希祥が出向いていったが、行くと教師と喧嘩になるんだ。だからまぁ、彼には通信教育が一番、性にあっていたんだ」

「……」

ひっそりと隔離された家庭環境。「孤立」という文字が上月の脳裏に浮かんだ。

「苑望さんも、大勢の人に囲まれるのが苦手だったと聞いていますが？」

と上月が話題を切り替えた。

「よく知っているね、希祥が話したの？」

とシェルドン。

「ええ」

「あの子はよほど君が気に入っているんだね。でもなければ苑望のことは絶対、人には話さないだろうから」

たしかに、姉のことを他言したのは、上月がはじめてだと、希祥も言っていた。

上月は希祥にとって特別な他人だった。

初めて自ら、プライベートを語った人物だったのだから。

「苑望は病弱な子だった。学校は最初から無理だった。人混《ご》みにいるとすぐ倒れるんでね。希祥の理解者は苑望一人だった。苑望にとっても希祥は唯一の話相手だった。あの二人は非常に強い絆《きずな》で結ばれている姉弟だった」

シェルドンがここまで語ったとき、映像は切り替わった。

「これは……ええっと彼が十六か十七のときだ」

とシェルドンは淡々《たんたん》と説明した。が、上月は顔面蒼白《そうはく》になった。

「ちょっ……ちょっと！　これはなんなんなん…の映像です⁉」

いきなり、寝室だった。

それも、希祥の寝室らしい。ベッドに横になっているのは希祥で、その希祥を真上から見下ろしているのは、ガウン姿のシェルドンだった。

――なんの…つもり、だよ？

大慌てする上月の目の前で、映像は進んでいった。

画面のなかの少年は、まるで動揺していない。

「ややややっやっぱり、こういうここ…行為があったんじゃないですか！」

目も当てられぬ、とばかりに上月は視線をシェルドンに替えて怒鳴った。

まぁまぁ見たまえ、とシェルドン。

「私にはよくわからないんだが、養子というものは、性的関係を強要されるものなのだろうか？　君もまず最初に質問したが……希祥はどうも、割り切っていたように思う」

「だだだだ！　だから、やっぱりそういう事実があったんじゃないですか～！」

上月、怒鳴る。

「だから、ないって、ほら、よく見てて」

どうしよう、こんなもの映像で見たくない！　と焦《あせ》る上月の前で、スクリーンのなかの希祥が声を発した。

――ま、中年オヤジが十代の子供を引き取るウラってのは、こんなもんだよな。

――私は、お前が眠っているかどうかを確認しにきただけだよ。

――とぼけんなよ。

映像のなかの希祥とシェルドンの顔が触れ合うほどに接近して、上月のほうが真っ赤になった。

――条件があんだけど。

希祥の顔は赤くもなく、かといって蒼《あお》くもない。声もイヤに冷静だった。

――ん？

――俺はどうなってもいい。どんな扱い、受けても文句は言わない。けど姉さんには手、だすな。

――……。

――なんでもあんたの言うことを聞いてやる。だから姉さんには、指一本触るな。頼む。

「この……申し出をあなたは受けたんですか？」

と上月は愕然《がくぜん》とした声で尋ねた。

「受けた。反抗的な希祥が譲歩してくれると、私は非常に有りがたかったからだ。我々はある種の契約関係を結…」

とっさに上月は横にいるシェルドンを突き飛ばした。

壁に押さえつける。

「ややややっぱり、そうやって自分の思いどおりに…！」

映像のせいだ。リアルすぎて、上月の理性はふっとんでいた。

開き直ったような、あきらめていたような、十七歳の希祥。

少年はこのとき、なにを感じていたのか？ どうしてこんなに冷静だったのか？

上月は昂《たか》ぶる感情をぐっと抑えこんで、考えた。

養子になって幸せになった話もあれば、その逆もある。

自分はどちらだ？ それを希祥は少なからず考えたはずだ。

「きっと、後者だな。本当に幸せな養子縁組なんか、俺に限ってあるはずねぇ」そんなふうに、割り切っていたのではないか？

生まれたときから薄幸な人は、マイナス思考におちいりやすい。傷つきやすい性格だと余計に、理想はもたなくなる。理想をもつと、潰《つい》えたとき自分がひどく傷つくからだ。

……きっと希祥さんはこのとき、心のどこかでホッとしていたんだ。

「やっぱり、こうなったか」とホッとする。期待したあとだと傷つくが、想像どおりだとホッとする。

そんなふうに、どんな不幸も小さな安堵《あんど》にかえて、少年は生きてきたのだ。

そう分析すると、上月の胸からひどく物悲しい塊《かたまり》がこみあげてきた。

涙腺《るいせん》を通って、それが悔し涙に変わる。

「十五歳から十七歳って…思春期のまっただなか…なんですよ。なのに……」

多感な希祥が、一番多感だった時代。

彼は、一人で戦っていた。たった一人の姉を死守する戦いだ。

姉だけは不幸にしたくないと、彼は感じていたのだ。

「私はなにも無理強《じ》いしていないって！　虐待もしていない。性的関係なんか、はなから求めていない。私がほしかったのは、彼の協力だ。実験を進めるための」

と首をつよく絞《し》めあげられているシェルドンは、苦しそうに言い訳した。

「…実験？」

「そう、実験だ。精神世界を探る実験。一人でやるより、二人でやるほうがはかどる。希祥はこの日から積極的に私に協力してくれるようになった」

「……」

上月は腕の力を緩《ゆる》めた。

やっぱり、知らないほうが楽だったな。

せめて四年早く、彼と知り合っていたなら…きっと、なにか力になってやれたはずなのに。

そう思うと、上月は無性に悔しくなった。

「本当に私は、法にふれるようなことは、なにもしていないよ？」

と少年姿のシェルドンは、打ち拉《ひし》がれたような上月に声をかけた。

最悪の現場を突きつけられなくてすんだことは、なによりも上月をホッとさせていた。しかし、事実の深刻さにどれほどの違いがあっただろうか？

「それでも……希祥さんは、全面的に自分を譲ったんです。『言うことはなんでもきく』。それはね、『奴隷《どれい》』になったというのと同意語なんですよ」

希祥さん。……希祥さん！

希祥さん!!

上月の心のなかで、何度も彼の名前を叫んでいた。

＊　＊　＊

「私はなにも二人を支配する、という意味で引き取ったわけではない。研究のためだ」

義父はまだ弁解をつづけている。希祥の危惧《きぐ》は、彼の早とちりだと言いたげに。

「あなたが嘘を言っているとは言っていない。ただ、どちらにせよ、希祥さんの心の持ちように、大差がなかったと言っているんです」

「心の持ちようって？」

義父はわからないと言った。「心の持ちよう」という言葉が漠然《ばくぜん》としすぎているというのだ。

そこで、上月は質問を切り替えた。

「では、あなたにはまったく苑望さんに対する……その……欲情はなかったんですか？」

「うん、なかった」

上月は単調に返ってきた、シェルドンの言葉を訝《いぶか》しんだ。

上月も苑望には出会っている。レースのロングドレスが似合う、花の精のような美女だ。言うまでもなく、性的虐待の件数は、同性より異性間のほうがはるかに多い。希祥があそこまで危惧したのも、当然といえば当然なのだ。

「嘘じゃない。愛情を持てなかった。……私には人の『情』が理解できないんだ。その、欲情も愛情もね」

ふと、上月は思い出した。

希祥は言っていたではないか？　義父は愛情の与え方を知らない人だった、と。

シェルドンは頭の後ろをコリコリと掻《か》いている。

天使のような顔は、こんな話の途中でも、困惑《こんわく》することがない。

そういえば、シェルドンが宗教画の「天使」に似ていると、だれもが思うのは、表情が一面しかないからなのではないか？

ものすごく燥《はしゃ》いだり、泣いたり、困ったりしない顔。

描かれた顔、だ。

「人の情がわからないって……でもあなた、心理学者でしょう？」

と上月は不思議な違和感を感じながら疑問を口にした。

「心理化学分析に基づいた、論文なら書けるよ」

「でも人間なら、感情は自然に……」

「……」

シェルドンがじっと上月を見ていた。

おかしい。と上月はその沈黙のなかでまた感じた。

初対面のぎこちない作り笑い。

この人は……どこか本当に、絵のなかの人物のように、無機質だ。

「で、希祥が姉に執着したわけだが……」

とシェルドンは話を返した。

「希祥が苑望を第一に考えたのには、希祥独自の理由がある。姉は彼の生命線だった。希祥には苑望が必要だった。精神面でね」

「心の支え、ですか？」

「なに？　具体的に言うと？」

　またた。

　上月は言葉につまる。

　こんなもの、具体的にどうこうと説明しなくっても、わかるじゃないか?

　シェルドンは言った。

「漠然としたものでなく、具体的な支えだったのだよ。希祥の心は必ず減衰《げんすい》に向かうのだ。不治の病に似ている。放っておくと自滅《じめつ》する。だから彼はいつも苑望のそばにいた。彼女の創世《そうせい》能力が、彼の特効薬だったからだ」

「……」

「苑望は彼女の『歌』でよく希祥の心を癒《い》やしていた。荒廃した希祥の心にオアシスを創世し、豊かな森林を創世した。それでも、その心はちょっとしたアクシデントですぐに荒れすさぶ。一年もすれば、原野に変わるんだ」

　それが希祥が姉を大切にした理由だ、とシェルドンは言った。

「苑望さんになにかあったら、自分が生きていけないから?」

　だから、希祥は自分のすべてをなげうって、契約を結んだのか?

「それは……違う気がする、な」

　上月は呟《つぶや》いた。

「なにが違う?」

違う気がする。希祥が苑望を守ったのは、それが自分のために繋《つな》がるからではない。彼はもっともっと純粋に、姉を慕っていたのではないのか？

「どう違うのかな？」

もう一度シェルドンが尋ねた。

「希祥さんは……自分のことより、他人のことを優先して考える人だから……」

だから、自分のために、という理屈がどうも合わない気がするのだ。

「しかし、生物には生存本能がある。まずは自分の存在の維持を考えるはずだ」

とシェルドン。

たしかにそうだ。だから、上月は希祥を見ていつも感じていたのだ。

もう少し、自分を労《いた》わってやってほしい、と。

「希祥は、自ら破滅に向かう、という心の大病にかかっていた。だから、姉という薬に依存していた。という私の理論はおかしいのか？」

シェルドンの言い分には一理あった。

辻褄《つじつま》はあっている。でも、なにか違う気が上月にはしていた。

「さて、この物語もクライマックスだ。我々の最後の実験を見せよう」

シェルドンはスクリーンを指した。

その指先から指令が飛んだように、映像が切り替わる。

「我々……つまり私と希祥と苑望の三人は、ある実験の最中、無意識界の上空でとんでもないものを見つけてしまった」

混沌《こんとん》とした世界に浮いている三人をスクリーンは映していた。

周囲はほぼ漆黒《しっこく》の闇《やみ》に近いが、たまに陽炎《かげろう》のように立ち上がるモヤが見える。

これが無意識界の姿なのか…？　と上月は思った。

――なんだ、アイツ。

また少し成長した希祥が、唖然と呟いた。

体格はほぼ今と一緒だ。髪はもう少し短い。

その横には、怯えている苑望がいた。

亜麻《あま》色のロングヘア。優しい面立《おもだ》ち。

白っぽいフリルのついたワンピースを着ている。

――逃げろ……！　姉さん。

希祥はまず、姉の肩を押した。

白衣をなびかせた彼らの義父は、腕を組んで自分の足元を見つめている。

「なにがどう変事なのか、きっと上月先生にはわからないだろうね？」

とシェルドンが語った。

「ええ。どこも同じ闇に見えるんですが？」

「ところが、我々の周囲は異常事態なんだ。『意識』というものは映像では見えないからね。伝わらないのが残念だ。このとき、無意識界はある変事を……」

「逆流現象ですか？」

よく知っているね。とシェルドンは返した。

このときのことは、言葉で希祥から聞いたことがあったのだ。

上月は映像を見ながら語った。

「意識界から不用意な衝撃をうけると、無意識界は逆流現象を起こす。つまり、無意識が意識界に流出する。これが『自分』に目覚めたとき、精神生命体が誕生する。『無魔《むま》』ですね」

「ほう」

「無魔のことは……希祥さんから聞いています」

「無魔のことを認める心療科医がいるとはね」

「僕は視えませんが、四カ月ほど前、無魔事件に巻きこまれましたので……」

無意識界の一部が意識界に流れる「逆流現象」。

その無意識が「覚醒《かくせい》」したとき無魔となる。

万物の無意識から誕生した精神生命体は、精神世界で巨大な力を持つ。

人の意識も知識も……みんな吸収し、巨大化するのだ。

無魔の侵蝕《しんしょく》をうけた人間はみな、意識を喰《く》われ、意識障害におちいる。

「苑望さんは、このとき無魔の犠牲《ぎせい》になった、と聞いています。無魔に襲われ、自《みず》ら心を閉ざした、と」

「ん。そうかもしれない。詳細はよくわからなかった。一瞬のことだった。逃げた子鹿を追いかける虎のように、無魔は苑望に迫った。希祥が苑望を守ろうとしたがね、なにぶん突発的な出来事で、無魔に対する予備知識がまったくなかったから、抵抗はたかがしれていた」

「あなたはなにをしていたんです？」

「見ていた」

「……」

「一部始終をただ見ていた。そのあと、希祥はひどく私を罵《ののし》った。あんなに反抗的な希祥を見たのは久しぶりだった。殴るは蹴《け》るは……ひどい荒れようだった。私は生命の危機を感じてね、だから、行方《ゆくえ》をくらませることにした」

怒って当然だ、と上月は思った。

義父は見殺しも同然のことをしたのだ。

「私が推測するに、希祥が私を殺したいほど憎みだしたのは、この実験のあとだ。希祥は『特効薬』を失ったのだから」

憎みだしたのは、たしかにそのときからかも知れない。しかし憎んでいる理由が違う。

上月はこのときすでに、シェルドンの「精神構造」に問題を見いだしていた。

希祥は苑望という薬を失って、怒っているのではない。たった一人の姉を守れず、悲しんだのだ。

「あなたは間違っていますよ、シェルドン博士」

上月は言った。

「なにが?」

とシェルドンは問い返した。

「あなたは根本的に、希祥さんという人を理解していない。彼は本心とうらはらな感情表現をする人なんです。泣きたいときに怒り、他人だけでなく自分の本心を欺《あざむ》こうとする。自分が泣いていると知ると、自分に対する嫌悪感が増すからです」

「悲しみを怒りで表現する、あるいは怒りを悲しみで表現する、という実例があることは知っているよ。希祥もそうだというのか? でもね、私にはその原理が理解できない。自分がそうならないからだ」

「そう、あなたは嘘は言っていない。わからないといったのも真実なんです。あなたは実感できないからわからないと言う。人間なら自然とわかりそうなものなのに」

「……」

上月がそう言ったとき、シェルドンの顔は臘《ろう》人形のように虚《うつ》ろだった。

六　F・シェルドン博士

上月《こうづき》はシェルドンの略歴を思い出していた。

彼はしがない心理学者だった。ところが突然「Eサイコ学」という新分野を開拓する。

ここが、ひっかかる。

多くの研究の蓄積により新分野に至《いた》った、というには……あまりに突飛《とっぴ》な提唱。

もっとも無名な学者が、一人でコツコツ研究していたことは、表面化しないことが多い。

だからシェルドンの場合も、隠された努力、という文字を皆、功績の陰《かげ》に見ている。

しかし……はたして、そうなんだろうか？

上月は当人を前にして、大きな疑問を感じていた。

この……どこか情緒が欠落しているとしか思えない人が、本物のシェルドン博士なら、Eサイコ学は多大な努力のもとに構築された、というより、神がしがない心理学者を哀《あわ》れと思って与えた「神の啓示」に似ているのではないか？

二人は今、肩を並べていた。

タクシーのなかだ。時間は午前十一時すぎだった。

警察病院にいる希祥《きしょう》の容体を見にいく予定だったが、シェルドンが「ラボへ寄《よ》ろう」と言い出したのだ。

「まず、ラボに行くんだ、先生」

まぁ、言うとおりにしてみなよ、と言いたげな少年姿のシェルドンに促《うなが》され、上月はラボへ同行した。

そしてラボ到着早々、玄関口で出迎えたラボの代表者に、希祥の治療ないし、救出を正式に依頼される。

「ね？　これで堂々と希祥のそばにいけるでしょ？」

とシェルドン。彼がラボへ寄り道したのは、この「許可」を先にとっておくことで、有利にコトを運べることが視えたからだ。

未来干渉、か。と上月は思った。

こともなげに未来を味方につけるシェルドン博士は、「へぇ、これは傑作《けっさく》だ」と玄関に掲げてある大きな絵を見ていた。ラボの元所長、兼之沢《かねのさわ》の描いた絵だ。三色のラーメンが絡《から》まり合ったような奇っ怪な絵なのだが、若返りを起こしたもの同士、共通する感性が存在するのだろうか？

それも束の間《つかのま》、偽装少年は「トイレトイレ」と上月のもとを離れる。

「上月先生！」

入れ違いに、バタバタと忙《せわ》しない足音を響かせて、白いリノリウムの廊下を走ってきたのは佐伯妃七《さえきひな》だった。

髪を二つに括《くく》り、中学校の制服らしい、チェックのジャンパースカートを着ている。

平日のこの時間、ここにいるということは自主休講だろうか？

上月の手をひいて廊下の陰に連れこむと、妃七は口を開いた。

「先生、ひっど〜い！　どうして私をおいて青森《あおもり》に…！」

上月が出した手紙は、予測どおり昨日届いたらしい。

妃七は怒るが、あの凶行現場を見たらきっとひどくショックを受けたに違いない。Ｅサイコ能力者は、だれしも多感だから、ああいう現場は見ないに限る。希祥もきっとわかっていて「妃七を巻きこむな」と言ったのだ。

身勝手な人だ、と上月は思う。こんなに心配させると知っていながら、勝手なことをする。それとも勝手なことをするから、黙っていてほしいと、そういう意味だったのだろうか？

「なにがあったの？　みんな教えてくれないの。希祥は今、どこにいるの？　あいつ、生きてるの？」

生きてるの？　は誇張《こちょう》だったにせよ、妃七が切迫《せっぱく》した面持《おもも》ちで尋ねてきたことに違いはない。

心配するな、そういっても心配するのが友達だ。

黙っていることが善意であろうと、妃七が仲間外れにされたと思うもの事実なのだ。

「希祥さんは大丈夫だよ」

「嘘！　大丈夫だったら、みんな教えてくれるわよ」

「……」

なかなか鋭い切り返しだった。

「なにか大変なこと、あったんでしょ？　そんな予感がするわ。なにか……あいつ、やらかしたのよ」

さすがEサイコ能力者。未熟とはいえ、なんとなく真相を感じとっているのだ。

上月はなんといって説明しよう、と悩んだ。ショックを与えない、いい言い方があればいいのだが……。それに、どこまで真実を告げるか？　も問題だ。

「あの手紙の内容に関係してるの？　あいつ、ジュニアのことね……」

「そう。僕のことなんだ……」

「げっ！」

耳元で声が聞こえて、妃七は小さく叫ぶと振り向いた。

トイレから戻ってきたばかりの、金髪の少年が真後ろにいることを発見。

ニッコリほほ笑む、絵画のなかの天使を見て、妃七は狼狽《うろた》えたように、頬《ほお》を染めた。

またた。

そう思ったのは、上月だった。

シェルドンの不器用な笑顔。

研究者は、喜怒哀楽を表現することが苦手な人が多い。

彼は研究者の典型なのだろうか？

「に、日本語上手なのね、ですね？」

妃七がぎこちない日本語とともにシェルドンと右手を交わした。

「う～ん、日本語に限らずね」

とシェルドン。

妃七はチラッと上月を窺《うかが》った。

妃七は明らかにシェルドンを警戒している。希祥の謎めいた言葉を書きしるした、あの手紙を読んだら、きっと誰でもそうなる。

「ねぇ、あの手紙とディスク。返してくれない？」

そしてシェルドンは妃七に、そう切りこんだ。

「な、なな、なんの……」

「ほら、上月先生が君に預けたもの。あれ、消去してくれると、とっても有りがたいんだけど……」

単刀直入、にもこの上があるとは思えない。

妃七の顔に冷や汗が浮いた。

「希祥が青森からかけた電話の内容を書いたものも消去してよ、ね？　お願い」

と彼はウインク。

ドキドキしていた妃七の顔が、次第に険《けわ》しくなってきた。

上月のほうが「どうなるのだろう？」とヒヤヒヤしている。

「……」

「……？」

妃七とシェルドンは、相反する顔つきでしばらく沈黙した。

睨《にら》み合っている、と表現できないのは、シェルドンが作り笑顔だからだ。

「あんた、誰？」

妃七の目は尖《とが》っていて、眉《まゆ》も吊《つ》りあがっていた。声にも凄味《すごみ》がある。

得体の知れない少年に対し、妃七は敵意を剝《む》きだしにしている。

彼女はもうこの時点で、彼が「誰」か、直感で気づいていたのかもしれない。

「ん～、俗《ぞく》に言う、希祥の養父です」

なんと、シェルドンはあっさり認めた。

「へぇ。ということは、希祥のヤツ、青森でしくじっ、た、のね？」

と妃七。

「ひ…妃七ちゃん！」

上月が大慌《あわ》て。

「『ぶっ殺す』って、あいつの口癖《くちぐせ》だったもの。あんたが生きてるってことは、希祥が失敗したのよ」

「まぁ、そういうことだね」

とシェルドン。

「で、希祥は？」

「今、警察病院で眠っている」

「ふん、また夢のなかに逃げこんだのね」

「夢のなかで待ち伏せしているんだ。私を」

「へぇ。あいつ、まだあきらめてないの？」

「そうなんだ。困った子だろう？　ともかく、このまま放っておけないんで、お父さんは迎えに行こうと思っているんだ」

「あんた、一回ぶっ殺されたら？」

妃七が会話をすすめるうちにムカムカしてきているのが、上月には手に取るようにわかった。

なのにシェルドンは上月にこうきいた。

「ねぇ、どうしてこの子、怒ってるの？」

「……」

「私は正直に話したつもりなんだ」

たしかに、正直に話しただろう。しかし、正直に話したからといって、相手に誠意が伝わるとは限らない。

こういうことを、彼は理解していないんだろうか？

「ああ、よしよし」

と、手で少女の頭をポンポン。

妃七、大噴火の決め手は、このリアクションだった。

バシッ！　と妃七がシェルドンの横っ面《つら》を叩《たた》いた。

「ど…どうして、殴《なぐ》るの？」

殴られた頬《ほお》に手を当てて、シェルドンはキョトンとしている。

「あんた、最低！　最低だわ！　あったまきちゃう！」

「子供には『よしよし』だと思っていたのに」

「……ばか～！」

妃七は憤然《ふんぜん》として、場を離れた。

学生カバンと上着を手にして妃七が戻ってくるまでに、上月は色々なことを考えた。

シェルドンのこのあからさまな不器用さはなんなのだろう？

たしかに希祥も、不器用なところはある。しかし、彼の不器用と、シェルドンの不器用は質が違う。シェルドンのぎこちなさは、どこか無機質なのだ。

無機質を隠そうと、色々な「小技」を駆使《くし》し、愛想《あいそ》を作りだしている。

「ばかだって…ばかって、子供にバカって言われた」

と呟《つぶや》くシェルドン。ショックを受けているというより、「どこがいけなかったんだろう？」と考えこんでいるような、この表情。

「さぁ、行くわよ！」

戻ってきた妃七が、二人に声をかけた。

「妃七ちゃん、まさか」

と上月が言葉を詰《つ》まらせる。

「一緒に行くに決まってんじゃない！　こんな年齢不詳《ふしょう》のバカおやじに、希祥は任せられないのよ！」

と言いたい放題だ。率先《そっせん》して、待機していたタクシーに乗りこんでいる。

「あの子、創世能力者だね」

少女に口で負けたシェルドン博士は、呆然《ぼうぜん》としている上月に語った。

「え？」

「いや、苑望《そのみ》とは違うタイプだと思って」

「……」

「でもま、苑望が使えなくなった今、希祥の頼みの綱《つな》だね」

なにが言いたいんだろう？

上月は考えた。

この人はまた、こう考えているのではないか？

苑望さんのスペアとして、希祥は妃七を囲っている、と。

「妃七ちゃんと希祥さんは、ウマのあう友達なんですよ」

「と、表面上、円滑な関係を維持していくことは、大切だろうね」

やっぱり。

「なんせ、特効薬に機嫌を損ねられちゃ、かなわないから」

そうじゃない。

上月は、心のなかで反論した。

この人は、誤解している。違う、理解していない。

人と人はメリットだけで繋《つな》がっているのではない。

人と人は「心」で繋がっているのだ。

「さて、今度は内・戦闘か《インランド・バトル》」

とシェルドンが呟く。

妃七を交《ま》じえ、三人の救援隊は、警察病院へ向かった。

＊　＊　＊

病院の特別室に、生命維持装置に繋がれた希祥がいた。

生命維持装置は、命をつなぎ止める手段としては有効だが、つなぎ止める以上のことはできない。

患者の体力は、どうしても減退する。頬は日に日に瘦《こ》けてくるし、顔色も白くなってくる。

希祥の場合、もともと肌が白いから、どんどん透けてくるように見える。

そんな希祥を見ただけで、妃七はほんの少し涙を見せた。それでも気丈に、涙をこらえる。

今は泣いている場合ではないと、自分で自分を叱咤《しった》しているのだ。

「今、迎えにいくからね」。少女はそんな気持ちだったに違いない。

三人はそれぞれ、背もたれのある椅子《いす》をベッドのそばに用意してもらい、それに腰かけた。

シェルドンは彼に与えられたばかりの権限を行使して、他者の入室を禁止した。

カーテンを引き照明を消す。そして——薄暗くなった部屋で、シェルドンは懐《ふところ》から、不思議な輝きを放つ「音叉《おんさ》」を取りだしたのだった。

その「音叉」を、妃七は初めて見た。

上月も実物を見たのは初めてだった。

「今回はそれを使うんですか？　セラピー以外にも使い道が…？」

と上月は尋ねた。

「そう。色々とね。妃七ちゃんはともかく……」

「気やすく呼ばないでくれる？　年齢不詳のお父さん」

妃七はまだ腹立ちが収まらないのか、ことあるごとにシェルドンに突っかかっている。

普通なら、突っかかられたほうも不機嫌になるところだが、シェルドンは相変わらずマイペースだった。

子供の言葉だと思って聞き流しているのか？

それとも、彼は機嫌を損ねる、ということを知らないのだろうか？

「上月先生は、Eサイコ能力者じゃないからね。自分の夢に定着するだけなら、通常の催眠《さいみん》で十分だが、今回は希祥の夢に来てもらわなければならない。音叉で『路《みち》』を開く。私が希祥の夢へ誘導し、先生の意識をその場に定着させる。だから、あとはよろしく頼むよ、先生」

とシェルドンは解説した。

「路」とは意識界と無意識界を結ぶ、思考次元路のことだ。彼は自《みずか》らの論文のなかで、この路を利用することで、他人の夢へ渡れると語っている。

論文が発表された当時は世間の失笑《しっしょう》をかったものの、今では多くのEサイコ能力者がこれを実践していた。

前回、上月の夢に渡ったのもこのルートだ。また、この手法を心のケアに用いることも多い。

上月はその思考次元路の発見者、シェルドン博士に「説得」を依頼されていた。希祥と争いにならず、平和的に親子関係を修復したいと彼が言うからだ。

上月自身も、可能ならばそうしたかった。そして、いつもいつも自分だけが外の世界で手をこまねいている、というのは懲《こ》り懲《ご》りだったのだ。

Eサイコ能力のない彼は、精神世界を自在に行き来する力がない。

自力ではなにもできないと思うと、ひどく苦しくなる。

それに、なにかしたいと切望するときに、じっとしていろと言われるのは、拷問《ごうもん》されるよりつらいことだと、ずっと思っていたのだ。

うわ～ん
耳鳴りがした。

上月は二度目なので落ち着いていたが、妃七は咄嗟《とっさ》に耳を押さえていた。

「心配しなくてもいいよ。害はないから」

とシェルドン。

うわわ〜ん
ぅわ〜ん
手で耳を塞《ふさ》いでも、その音は妃七の内耳《ないじ》に侵入してきた。
「なに…これ」
と妃七は呟きつつ、瞳を細める。
上月が見たのはそこまでだった。
催眠にかかりやすい心療科医は、誰よりも先に「路」に到達していたのだった。

＊

「うわ〜、なんか希祥っぽい」
妃七が吹きすさぶ風のなかでそう言った。
その声も一瞬あとには風に飛ばされる。
肌《はだ》寒いのか、妃七は両手で自分の身体《からだ》を抱きしめていた。
原野が見渡すかぎりつづいていた。
山もなければ川もない。
瓦礫《がれき》、岩。ひび割れた大地。
所々、短い草がのびている。

風が耳元で騒ぐ。突風もときおりやってくる。

「やっぱり、そうとう荒れているね」

と言ったのはシェルドンだった。

「苑望があなって、一年半以上たつ。まだ大地が平坦《へいたん》なだけマシかな？」

空には暗雲が立ちこめていて、陽《ひ》がどこにあるのか、果たしてあるのか？　それすらわからない状態だ。

「広いですね」

と上月は周囲を見渡して呟いた。自分の夢はいつも小ぢんまりしていることに気づく。日常生活の夢がほとんどで、行ったこともないような異次元は出てこない。

「これは『無』に近い、と言うんだ先生」

「虚《きょ》に近い、と言ってもいい」

とシェルドンは返した。

無と虚。

荒れている心。

これが希祥の心。

「なにか聞こえる」

妃七が呟いた。

耳はほぼ風の音に占領されている。

ビュービューと嘶《いなな》く風に交じって、また別の「ヒュー」という音がしていた。

「なにかやってきたぞ」

とシェルドン。

大地の向こうから、ポツッと黒い影がわきだした。

音とともに少しずつ大きくなってくるものは……

「音楽隊だわ」

と妃七。

同じような黒っぽい服をきた、数十人の人が、手に手に楽器を持っていた。

マーチングバンドだろうか？

いや違う。バイオリンを持っている人もいる。

「これ…オーケストラ？」

おかしなことに、普通は歩きながらは弾けない大きな弦楽器、コントラバスやチェロを持っている人もいた。軽い玩具《がんぐ》のように持ちあげて、ちゃんと音を鳴らしている。

しかしそれは、どんな曲でもなかった。

音叉だ。と上月は思った。

色々な楽器が、音叉のように、音を鳴らしている。

だからメロディーはなく、風の音より単調に「うわ～ん」と耳に響く。

「オーケス……」

はた、と上月は気づいた。「妃七ちゃん！」と呼びかける。

「これだ！　希祥さんの夢の『オケ』」

オケはオーケストラだ。と、上月はようやく気づいたのだ。

「オーケストラは、自分を卑下《ひげ》する心の表れだ」

シェルドンは楽団が通りすぎていくのを見送りながら語った。

「自分に自信を持つこと、そうすれば味方が現れる。でもダメだと思いつづければ、貴重な味方を失うことになる」

それがオーケストラが暗示していることだった。

それがまたあまりに「希祥らしい」と感じて、上月は切なくなった。

あの人は、とてもいい人なのに――――いつも「悪人」を演じる。

とても優しい人なのに――――冷たく装う。

「ねぇ、このへんに花とか植えちゃだめ？」

と妃七は地面にしゃがみこむときいた。

誰かの許可を求めていた、というより、誰かの同意がほしかったのだろう。

きっと妃七は、居たたまれなかったのだ。彼女には、癒《い》やす力があるのだから。

ここに花壇を作ったら、彼はもう少し楽に生きられるのだろうか？

自分に優しくなれるのだろうか？

上月もまた、そう考えていた。

「そうだね。この際、原生林ぐらいにしておいてくれると、崩壊《ほうかい》まで時間がかかっていいかもね」

とシェルドン。

「そこまでやったら、希祥が怒るわ」

と妃七が口を尖らせた。

「本人の許可なしに、夢はいじらないほうがいいでしょう。妃七ちゃんだって、自分の部屋を勝手に誰かが片付けたら、腹が立つだろ？」

と上月は返した。「うん」と妃七。

「そんなものかね？　せっかくのチャンスだと私は思うが」

そのときだった。

「オヤジには、人の心がわからねぇからな」

「希祥！」

妃七が叫ぶ。

シェルドンに痛烈な言葉を返した人物は、彼らの視界の上から現れた。

三メートルほど上空だ。

「なんでゾロゾロやってくるんだよ？」

と希祥は文句を言った。

黒の上下に身をつつんでいる。

手には、日本刀。

登場早々かなり物騒《ぶっそう》だ。

「助けに来たんですよ」

と上月は希祥を見上げて、そう返した。

「妃七は巻きこむなって言ったろうが」

と希祥が上月を責めると、妃七が言い返した。

「私だけ仲間外れはイヤなの！」

「ガキのくせに。ココは十五歳未満お断りだ。さっさと帰れ」

希祥は無表情に冷たく突き放す。

イヤ！　と妃七が間髪入れず反抗した。

どれほど冷たく突き放されようと、妃七はテコでも動こうとしないだろう。

仲間にとって、「仲間外れ」は一番悲しいからだ。

「僕たちはあなたを助けたいと思って来たんです。シェルドン博士から、だいたいの事情は聞いています。あなたが彼を憎む理由ももっともだと思う。でも彼はあなたとの抗争は望んでいません。争う前に話し合いを…」

「上月」

希祥は上月の言葉を途中で打ち切った。

「あんた、どっちの味方だ？」

「……」

希祥の言葉は日本刀のように、上月の言葉を一刀両断にした。

今の希祥は、手に持っている武器そのものだと上月は感じた。

話し合いにならない。希祥には話し合う気がまったくないのだ。

「もちろん、あなたの味方ですよ、希祥さん」

「そうは思えないぜ？　あんたは自覚していないのか？　今、自分がどういう立場にいるか？　オヤジの懐のなかにいなきゃ、この場にいる力もないくせに。それってつまり、オヤジの協力を得ているってことだろうが？」

「……」

「希祥、なにもそう先生を……」

とシェルドンが言いかけると「お前は黙っていろ！」と鋭い声がとんだ。

「どういう契約を結んだ？　どんな言葉で懐柔《かいじゅう》された？」

「懐柔なんかされていません」

「嘘つけ！」

「き、希祥さん、落ち着いて」

無駄だと感じていても、上月にはそう言うしかなかった。

希祥は裏切られた、そう感じているのだ。

上月は動揺した。こんなに一方的に疑われるとは思っていなかったからだ。

「あんたがここまで能無しだとは思わなかった。どうしてオヤジがあんたを連れてきたか、裏が読めなかったのか？」

「……」

「俺の攻撃に対する、プロテクトがほしかったんだ。『盾《たて》』だよ。『人質』」

人質？

「僕は説得を……」

「いい加減、目を覚ませ上月！」

希祥の叱咤に、上月の身体《からだ》の芯《しん》が震えた。

どうして希祥はこんなに荒れているのだ？　どうして信用してくれないのだ？

シェルドン博士と一緒に出向いたからといって、なにをそんなに怒るのだ？

「僕……は、決して、博士の側の言い分だけを聞いているんじゃない。懐柔なんかされていない。あなたがなぜ、そんなに殺意を持っているのか、博士はわからないという。彼は本当に理解していない」

「だから？」

「わからないから教えてほしいというのが、彼の依頼です。その博士の……心に欠けているものがあることも、僕は察しています。あなたが彼に対して、憤《いきどお》りを感じていることも、過去、どんなことがあったのかも……」

「聞いたのか？」

「というか、見たんです」

「ほう、過去見か。その段階で、相手の術中だと気づかなかったのか？」

「おい、私は嘘なんかついて……」

言い訳するシェルドンに「うるせぇ、黙ってろ！」と希祥が返した。

「夢で嘘はつけない。けどな、都合のいいところだけ見せる、ってことはできるんだよ！で、あんたは、まんまとオヤジに洗脳《せんのう》されたってわけだ！」

「違う！」

「違わない！　おかげで俺は先制攻撃がかけられず、千載一遇《せんざいいちぐう》の機会を逃した。お宅は妃七までつれてきて、すっかり俺の足枷《あしかせ》だ！」

「希祥さん！　落ち着いて！」

「落ち着けるか！　誰も彼も、騙《だま》されやがって！　どれだけ都合よくそいつのコマにされているか、教えてやるよ！」

希祥が叫んだ。鞘《さや》から剣を引き抜く。

「よしなさい、希祥」

「うるせぇ、ジジイ！　おい、妃七！」

希祥は少女を呼んだ。

「邪魔するんじゃねぇぞ。そこで黙って見ていろ！」

創世能力のある妃七にそう念押しする。

ここは希祥のサイコ・ワールド。自分を無敵にすることも、大地を覆《くつがえ》すことも、武器を創造することも自由自在だ。創世能力者だけが、それに対抗する力をもつ。

「妃七ちゃん」

シェルドンがチョンチョンと少女の肩をつついた。

「シールド、張ってくれるかな？　でないと君と先生まで…」

「うっせぇ！　黙ってろオヤジ！」

風が、凍った。

突風は、半透明の針のような剣になった。

何千本、いや、何万もの針のようなものが、希祥の周囲に渦巻《うずま》く。

それが竜巻のように数百メートル上空にかけ昇り、ドリルのように変化して、シェルドンに襲いかかる。

「きゃ！」

短く叫んだ妃七をかばって、上月は大地に伏せた。

「妃七ちゃんシールド」

竜巻が襲いかかる寸前まで、シェルドンは冷静な声でそう言いつづけた。

風剣は、シェルドンの腹部に突きささった、かのように見えた。

シェルドンの身体が風圧で軽く持ちあがる。

――と風剣は、その場で霧散《むさん》した。

「もう、困っちゃうね」

とシェルドンは、ポリポリと頭を掻《か》いた。

大地が振動する。

灼熱《しゃくねつ》のマグマが大河となって押し寄せてきた。

津波《つなみ》のように押し寄せるマグマ。

全員飲みこまれる！　と見えたとき、マグマは立ちあがった。

上月たちを避け、シェルドンに覆《おお》いかぶさる。

打ち寄せる波が弾《はじ》けるように、マグマが弾けた。

いや、シェルドンを取り囲んでいたマグマは、消失していた。
と見るや、希祥は手元の剣をシェルドンに放っていた。
妃七も上月も、見た。
その剣をシェルドンは素手で摑《つか》んだ。
しかし、剣の力を殺すことはできなかった。
剣は半《なか》ば、シェルドンの胸に沈んだ。
「ひっ……」
妃七が声を引きつらせる。
シェルドンはわずかに、顔を歪《ゆが》ませた。
手は刃《やいば》を受けとめたせいで、血に濡《ぬ》れている。
心理戦とはいえ、かなり重傷のはずだ。
シェルドンはその刃を摑みなおした。
そして、刃を引き抜こうとせず、逆に、押しこんだ。
自分の身体に。
剣が身体のなかにズブズブと消えていく。
「こんなもの、『吸収』しても、ねぇ」
と言いつつ、シェルドンは最後に柄《つか》をグイッと押しこんだ。

背中から突きでることもなく、剣が消失する。

そして——何事もなかったかのように、風が吹いた。

シェルドンは、不味《まず》いものを食べたときのような顔をして、突っ立っている。

妃七の身体は、さっきから小刻みに震えていた。

その妃七の肩を抱きしめている上月は、混乱する頭をフル回転させていた。

シェルドンに創世能力はない。妃七をあてにしたのも、自分にシールドが作れないからだ。

しかし彼は希祥のあらゆる攻撃を、無効にした。

はじめは、消えていくように見えた。「吸収」とシェルドンは言った。

「妃七、見たか？」

と希祥は空中から声をかけた。

妃七は無言で首肯《うなず》いた。

「経験があるだろ？　この感覚」

再び、妃七は首肯いた。

「こいつは、人間じゃねぇんだよ、上月先生」

と希祥。

「こうやって、なんでもかんでも喰《く》っちまう。今まで相当、喰ってるんだぜ。色々な生物の意識を」

「……」

まさか、と上月は目を見開いた。

「そう、こいつは……」

「無魔《むま》」

妃七の声は擦《かす》れていて、吐息《といき》のようだった。

七　憎しみの根

シェルドンは無魔《むま》だった。しがない心理学者、F・シェルドンは、神の啓示をうけたのではなく、無魔の侵蝕《しんしょく》をうけたのだ。意識を喰《く》われ、無魔に身体《からだ》を乗っとられたシェルドンは、心理学者からEサイコ学者へと変身する。

「……」

上月《こうづき》は今ようやく、すべての謎が解明されたことに気づいた。

希祥《きしょう》はシェルドンより強いEサイコ能力者はいない、と断言していた。それは無魔を超越する人などいない、という意味だったのだ。そういえば、人の記憶を遠隔《えんかく》操作し、時間に干渉《かんしょう》するのも、彼が無魔ならば、いとも簡単にやってのけることができる芸当だった。

無魔は次元を超えた精神生命体。

Eサイコ学の提唱者F・シェルドンは、肉体は人でありながら、精神は人ならざる存在だったのだ。

「お父さんはずっと隠していたつもりだったんだが、いつから気づいていた？」

無魔は、暴《あば》かれた真実を下手《へた》な嘘でごまかさない。記憶を操作する、という手段をもっている彼にとって、下手な嘘ほど無意味なものはないのかもしれない。

「俺もバカじゃないんだよ。一緒に暮らしてりゃ、ちょっとずつ『おかしい』って気づくさ」

人としてちょっとおかしい。

出会ったばかりの上月がすでに違和感を持っていたように、希祥は感じていたのだ。

深く心理学の勉強をすればするほど、義父は「おかしな人間」に当てはまった。

「俺は前々から『まさか』と疑っていた。無魔かどうかはわからねえが、人間じゃないんじゃないかってな。もし無魔なら、攻撃すれば尻尾《しっぽ》をだすはずだと思っていたが……その通りになったな」

「どうして感づかれたのかな？」

「オヤジにはわからねぇよ。コソコソ時間軸を小細工するだけじゃ、人間は騙《だま》せない！」

「そうなの？」

シェルドンは自信を持っていたのだろうか？　本当に不思議だという顔をする。

「私はお前と苑望《そのみ》を引き取ってからというもの、一生懸命《けんめい》、人らしく……」

「うっせぇ！」と希祥が怒鳴った。

そう。希祥とその姉を引き取ったとき、彼はすでに無魔だった。無魔が人を養子に迎えたということだ。そして無魔・シェルドンは、人と無意識界との関連を探求しつづけた。

研究のために、姉弟を引き取ったと、彼自身が上月に語ったように。

「そうか、希祥が私を殺したいと思うのは……私が無魔だからなんだね」

　とシェルドンは得心がいったのか、うんうんと首肯《うなず》いた。

「しかし、どうして無魔なら殺されなければならないんだろう？　私はなにも悪いことはしていないよ。私はただ、自分の生い立ちが知りたかっただけだ」

　シェルドンは覚醒《かくせい》して以来、「自分」の研究をしていたことを語った。「路《みち》」や「Eサイコ」というものも、研究途中で見つけた、いわば副産物にすぎないというのだ。

「自分の生い立ちを知りたがる。これは人間特有の心理だ。無意識界には、人の無意識もたくさん存在する。だから私は人と類した要素をたくさん持っている。それなのにどうしてそんなに否定的なんだ？　理由が無魔だから、ではあんまりだ。無魔と人は親戚《しんせき》のような…」

「うるせえって！　人の気持ちもわからないくせに、偉《えら》そうにクダクダ言うんじゃねぇ!!」

「……気持ちが…わからない……それはたしかにわからない…んだけど」

　ここを突かれると反論できないのか、シェルドンは言いよどんだ。

「無意識界へ帰れ！　お前、絶対、今日ぶっ殺してやるからな！」

「どうして、そうぶっ殺すって連発するの？」

　シェルドンは十七歳の顔を曇《くも》らせた。

　彼は本当に、殺される理由がわかっていない。だから悲しそうに反論するのではなく、不思議そうに反論するのだ。ひょっとすると無魔には「悲しい」という感情もないのかもしれない。

「私はお前に危害をくわえたことはない。ああっと…苑望のことは、突発的なアクシデントだった。怒るのはわかるが、恨《うら》まれてもねぇ」

「うるせぇ！」

上月はシェルドンの言葉を聞いて思った。ではもし、彼が苑望を救っていたら、希祥の激しい怒りは、無魔・シェルドンに向けられなかったのではないか？

「博士はどうして苑望さんを助けなかったんです？　あなたには助ける力があった。そうか。助けると自分が無魔であることがばれる。だから助けなかった？」

上月は尋ねた。

希祥は今にも義父に飛びかからんばかりの獰猛《どうもう》な形相だが、シェルドンは表情は、困惑もなく動揺もない。いつも通りの表情だ。恐怖、という感情も持ちあわせていないのだろう。

「いや、違う。気づかれず介入《かいにゅう》する方法はあった。私が動かなかったのは、研究のためだ。それは……千載一遇のチャンスだった。私は、自分が作られた工程をこの目で見るチャンスに出くわしたのだ。ま、結果は大失敗だったが……無魔と人はどうやって融合するのか？　生まれたときの記憶が乏《とぼ》しいものでね。興味津々《きょうみしんしん》だったんだ」

その回答もさることながら、あまりに飄々《ひょうひょう》とした言い方に上月は唖然《あぜん》とした。

「こ、このクソオヤジ――――！」

と希祥は我慢ならないとばかりに叫んだ。

＊

シェルドンは苑望を見捨てたかったわけではなかったらしい。それなりの動機があって傍観《ぼうかん》していたことは、今の説明で理解できた。しかしその行為は、さすが人ならざるもののやることだ。おまけに、それがいかにひどい行為かわかっていない。

説明しても、きっと理解はできないだろう、と上月は思う。

希祥は、ぶっっっっ殺す！　を連発している。

「希祥さんと傷ついた苑望さんを捨てて海外逃亡したのは、希祥さんがひどく怒っていたからなんですね？」

上月は尋ねた。

「そう。彼は『生命線』を奪われて逆上している、と思った。これはいわば自己防衛本能……」

「てめぇに本能も理性もあるか――――！」

希祥の雄叫《おたけ》びが、シェルドンの言葉を打ち消した。

「希祥の気持ちが落ち着いたら、戻ろうと思っていたんだ。まだ実験途中…」

「!!」

ダダダダダ……!!

シェルドンの声は、希祥がどこからともなく持ちだした、機関銃の轟音《ごうおん》がかき消した。

毎秒何発になるかわからない、ものすごい数の銃弾が、シェルドンに吸いこまれていく。

武器が役に立たないと見ると、希祥はそれを放り投げた。

ズンと大地が揺れた。

「無茶をするんじゃない、希祥」

とシェルドンが頭上を見あげる。

パラパラとなにかが落ちてきた。

「雲」の欠けらだ。天は壁画なのだろうか？　空いた空の向こうには、漆黒《しっこく》が広がっている。

シェルドンの周囲の地面が、ガタンとへこんだ。

上月には体感できなかったが、彼の周りだけ、相当な重力がかかっているようだった。

「潰《つぶ》してやる」

呪《のろ》いをこめるような希祥の声だった。

「希祥、私には本当にわからないんだ」

「しゃべるな！」

「私は、お前と仲良く研究していると思っていた」

「うるせぇ！」

「お前は、とても『いい子』だった。私にはそう見えた。最初は契約関係とは絶対なもので、だから、お前は従順なのだとそう思っていた」

「うるせぇ！」

「けれど、お前は……嫌がっていなかった、と思う。私にはわからない。私たちは非常に仲のいい親子だったじゃないか？」

うるせ――――――――!!

希祥はシェルドンの言葉を激しく拒絶した。

＊

――私たちは、非常に仲のいい親子だったじゃないか？

シェルドンがそう勝手に思いこんでいただけなんだろうか？

上月は考えていた。

いや、シェルドンには……「思いこむ」ことはできない。彼は客観的に判断する方法でしか、人を見ることができないからだ。

「苑望の事件がおこる前まで、我々の関係は円満だったはずだ」

どうしてシェルドンはそう断言するのだろう？

「では、希祥はいつ私が人じゃないと感づいたんだね？　苑望の事件の前か？　あとか？」

シェルドンはへこんだ大地に腰まで埋もれながら、問い返した。

「うるせぇ！」

「苑望を襲った無魔と私は、別の無魔だ。襲ったほうをぶっ殺したいと思うのなら、私にも理解できる。けれど、お前はなにもしなかった私を責める」

「そうだよ！　お前はいつもなにもしなかった。ひどいこともしなかったが、ひどくないこともしなかった。やったのは研究だけだ。俺は『おかしい』と思いだした。お前は、なにもしなかったんじゃない。なにもできないんだ！」

「よくわからない。では希祥はなにをして欲しかったんだね？」

「……」

上月は混乱してきた。希祥はなにに腹を立てている？

苑望の件以外に理由があるのか？

シェルドンと希祥の論争の根源は、もっと深いところにあるのではないか？

――希祥、お前はなにをして欲しかったんだね？

希祥は答えなかった。

彼は口を閉ざし、天を落とす。

雲の破片はコンクリートのようにパラパラと降ってきた。

「希祥、ともかく自分を壊す行為はやめ…」

シェルドンが頭を両手で防御してそう言ったとき、上月はハッとなった。

夢の映像が、どんどん荒廃《こうはい》している。

「き、希祥さん、止《や》めてください」

これは内なる自殺行為だ。

「黙ってろ。無魔を殺すのに、四の五の言ってられるか！」

「やめてください。やっていることが無茶苦茶です！」

「希祥、ダメだって。やめて！」

妃七《ひな》も困惑して叫んだ。

「妃七、上月をつれて帰れ」

「ヤだ！」

「ばか。なにしに来たんだ⁉ こういうときに役に立ってこそ、Eサイコ能力者だろう⁉」

「やだぁ！　希祥を残して帰れないもん‼」

「僕も帰りませんよ。希祥さんを残しては！」

「上月、お前、いい加減《かげん》にしろ！　そうやって踏ん張ってるから、コトが膠着《こうちゃく》してんだよ！」

ガクン！　と大地が傾いだ。地の平衡《へいこう》が崩《くず》れる。

ドッカーンと、百メートルほど前方に、巨大な「天」が降ってきた。まるで大隕石が落下したかのような風景だった。

周辺に、猛烈な砂埃《すなぼこり》が立ちこめる。

地鳴りが、足元と鼓膜《こまく》を震わせた。

「妃七！」

希祥が少女を呼んだ。

「やだよぅ、ヤダヤダヤダ！」

壊れていく世界。

上月は穴の空いた天を見て、切なくなった。

どうして……この人はこんなふうに、自分を壊していくんだろう？

……もう、壊すことに、悲しいとすら感じないんですね。

そう思うと、上月の胸は強く締めつけられるのだった。

「ヤダヤダヤダ……！」

妃七は目を閉じて、両手を固く握りしめていた。

少女は、空いた天井すら、見る勇気がなかったのかもしれない。

「妃七！　逃げろ！」

希祥は言う。平然と、自分で自分を壊しながら。

「いやだぁ！」

「クソオヤジ、お前はそこにいろ。ひねり潰《つぶ》してやる。二度と人間の物真似《まね》なんかさせるか」

希祥さん、希祥さん、希祥さん……！

地響きがひどく、立っていられなくなって、上月は妃七の背中をかばったまま、地に座りこんだ。

「二人を巻きぞえにする気かね？」

シェルドンが希祥に尋ねる。

「妃七！」

希祥は妃七を呼ぶ。

三人の真上にある「天」が、落下してきた。直径数百メートルはある巨石だ。

「妃七！　さっさとしろ――――!!」

「いやだぁ――――！」

と妃七は涙をためて叫んだ。

＊　＊　＊

シン――――いや、キンという音だった。

目の前で誰かが「パン」と手を叩《たた》いたような、軽い驚き。

「え？」

上月は、突然、催眠《さいみん》がとけたときのような、不思議な気分になった。

「いやぁ〜、どうなるかと思ったよ」

緊迫感のないシェルドンの声がした。

見渡すかぎりの草原。

シェルドンは、ドスン、と草のうえに腰をおろす。

雲の合間から、太陽がのぞく。

なにがどうなったのだ？

上月は、混乱しながら、大地から立ちあがった。

「……復元している…？」

来たときよりも、ずっと穏やかな風景だった。

波状に延々とつづく草原。緑の海原が視界の隅々《すみずみ》にまで広がっている。

「妃七！　てめぇ」

希祥が少女を叱責《しっせき》して、上月ははじめて理解した。

これが……創世能力。妃七の為《な》せる術なのか。

「ご…ごめん、なさい。で…でも、ちょっと地面の色を変えただけだ…」

「勝手なことするんじゃねぇ！」

「ご、ごめ……」

草原に、ポタポタと涙を落としながら、少女は謝った。

希祥の顔を見るのが怖いのか、ずっと下を向いている。

原生林を創ったわけではない。彼女は最小限の「創世」で、すべてを救いたかったのだ。

けれど希祥は怒る。

「お前まで無魔の味方か!?」

「ち、違う！　だけど、どうしようもなかった…もの。ほかにどうしようもなかったんだもの」

「逃げろって言っただろ!?」

「それはできなかったもの。希祥を置いていけ…ない。いけないもの！」

「ばかか、お前！」

希祥は激しく妃七を叱咤《しった》した。

「この子は、お前を助けたんだよ？　それを……」

「うるせぇ！　黙ってろ！」

シェルドンの言葉に、希祥はいつも「うるせぇ」と返す。

しかし上月は、このときシェルドンは正しいと感じていた。

どうして妃七を責めるのだ？　彼女は、希祥を助けたかったのだ。

本人の承諾《しょうだく》もなしに、勝手に創世を行ったことは悪いことかもしれない。

しかし自滅《じめつ》していく魂《たましい》を見捨てて逃げることなど、妃七にできるはずがないではないか。

「妃七ちゃんを責めるのはおかしい。希祥さん」

「上月！　お前まで！」

希祥は激しく怒る。シェルドンに同意すると、憎しみさえ感じるほどひどく罵《ののし》る。

彼にとって、善悪などもうどうでもいいのだ。

どちらの味方だ？　そんな割り切り方しかしていない。

うわ～ん、と妃七が泣きだした。

とても悲しいと、泣き崩れた背中が訴《うった》えていた。

希祥のことが心配なのだ。だから、ここへ来たのだ。

だから助けたのだ。なのに……

――お前は誰の味方だ？

希祥はそんな疑惑を向ける。

助けようとすると、怒る。勝手なことをするなと苛立《いらだ》つ。

誰が間違っている？　上月は考えに考えた。

「希祥さん、あなた、間違っています」

妃七の背中を優しくさすってやりながら、上月はそう語った。

＊

「希祥さん、冷静になって聞いてください。私も妃七ちゃんも、あなたのことを心配して、ここへ来たんです。だから責めるのはおかしい」

「だが、お前らは無魔の……！」

「聞いてください！　その博士も、僕にあなたの救出を依頼してきたんです」

「上月！　お前やっぱり洗脳…」

「されてません。事実、彼に戦意はないじゃないですか？」

そうそう、とシェルドン。すると「あなたはちょっと黙っていてください。同意されるとコトがこじれるから」と上月に言い返された。

「どうして戦いになるんでしょう？」

上月は希祥に尋ねた。

「お前、無魔の言うことをマネるのか！」

「そう、まったく不本意です。でも僕も疑問なんです。なぜこんなひどい戦闘になるんでしょう？　苑望さんの復讐《ふくしゅう》ですか？　でも苑望さんをあんなふうにした無魔は彼ではありません」

「偉い！　上月先生、私もそれが訴えた……」

「黙っててって言ったでしょ！　無魔は口、挟《はさ》まない」

咎《とが》められて、シェルドンが口を閉ざした。

「だからといって、この無魔・シェルドンに罪がないわけじゃない。彼は人間でいう薄情者です」

「薄情じゃない、情が欠落しているんだ！」

「そうです。彼は無魔なので、人の心は理解できません。知識として吸収できても、自分はそうならないからわからないと言うんです。つまり、ロボットと一緒です。思考型のロボットが、状況を判断して動いているようなものです。そうとわかっていて、あなたはなぜそんな怒るのですか？」

「……」

「なぜ殺したいと思うほど憎むのです？」

「そいつは……無魔だぞ。放っておけば……どんどん意識を喰って……」

立てつづけの質問のせいか、希祥はやや威勢《いせい》をなくした。

上月はつづけた。

「そう、彼は万物の生命にとって害虫のようなものです。だからあなたは使命感をもっている？　違いますね。あなたの態度はもっともっと感情的です」

「……」

「正義の味方を気取るなら、もっと淡々《たんたん》と、あるいは意気揚々と任務を遂行《すいこう》するはずです。あなたほど激しく憎み、恨《うら》み、怒ることはない」

希祥は口を閉ざした。妃七が作りだした草原のなかで。

希祥は本気で義父を殺そうとした。殺さなければ……と何度も口にした。

それは彼が無魔だからか？　無魔が人類の精神世界を滅《ほろ》ぼすからか？

違う。それはきっと建前《たてまえ》にすぎない。

上月は、希祥に問いかけた。

「あなたは誰をそんなに憎んでいるんです？　無魔ですか？　それともお父さんですか？」

激しい殺意のなかに隠されているものを、上月はほんの少しつかみ取っていた。

＊　＊　＊

「博士、あなたは先ほど、親子関係は円満だったと言いましたね？」

うん、とシェルドンは十七歳の顔に似合う返事をした。

「断言できる根拠があるんですね？」

「と、思う」

「表面的に、そう繕《つくろ》っていただけじゃないんですか？」

「と、私も最初は思っていた。けれど、夢のなかで嘘をつくのは至難《しなん》の業《わざ》だ」

「夢のなかまで、あなたは監督していたんですか？」

「していた。毎日ではないがね。夢は人が自在にコントロールするのが難しいところに存在する。夢に出てきた事柄を調べれば、隠したいことも浮き彫りになる。ほぼ、それらしいことはなかったと記憶している」

「では、あなたは希祥さんのプライバシーから深層意識まで、支配していたんですか？」

「支配？　すべてを知っていたわけではないよ。もし知っていたなら、正体に感づかれていることにも気づけたはずだ。私はただ『すべてを知る権利』をもっていたのだ」

「すべてを知る権利をもっている、というのは一種の『支配』なんです。あなたにはわからないでしょうが」

そんなものだろうか？　とシェルドンが首をすくめる。

理解できない無魔に腹を立ててもしかたがないと思いつつ、上月は割り切れないものを感じていた。これが人の親だとしたら、激しく叱咤《しった》しているところだ。

「夢を見せるよう、強要したんですか？」

上月は再び問うた。

「いや、していない」

「黙れ！」

希祥が叫んだ。

「強制はしていない。彼は従順だった。ノックすると扉が開く。そんな比喩《ひゆ》が適当だと思う」

上月はおかしい、と感じていた。どうして希祥さんは、そこまで従順だったのだ？

反感は夢に出る。その夢に一切、それを象徴《しょうちょう》するものが出ていない、とシェルドンは言う。

彼は嘘はつかない。いや、つけないのかもしれない。どっちにしろ、彼は事実を歪曲《わいきょく》してはいない。

希祥は、心から父親に従順な青年に変わったのだ。あの「契約」のあとから。

「お前には考えたってわからねぇ！　だから今更《いまさら》、考えるな！　ぶっ殺してやる！　俺の目の前から永遠に消えてしまえ――――！」

希祥の叫び声は、上月に現実での「仕事」を思い出させる。

「奇声」は、色々な相談者が発する。

それを聞き、なにを訴えようとしているのか？　それを探るのが上月の仕事だった。

希祥が叫べば叫ぶほど、上月は冷静になってきた。

奇声は、秘《ひ》め事《ごと》がある証拠だ。なにかを、希祥は隠している。

父親は、なにもかも見ていながら、なにも気づいていない。

無魔には理解できなかった、なにかがあるのだ。

「希祥は従順だった。私はそう断言できる。自己を譲《ゆず》って協力するにも限界がある。自分の生存に危機が及ぶとなると、生命はまず自衛するからだ。しかし希祥は、危険を承知で私についてきた」

「うるせぇ！　しゃべるな！」

「危険な実験を？」

　と上月。

「そうだ。私が希祥なら拒《こば》んでいたかもしれない。いや、拒否していた。私はそのとき不思議だった。どうしてそこまでするのだろう？　と初めて疑問をもった。それほど希祥は協力的だった。嘘ではない。彼は『いい子』だった」

　希祥は叫ぶ。

　しゃべるな！　しゃべるんじゃねぇ――――！

　知られたくないのだ、と上月は思う。二人の間にあったこと。

「どんな実験を？」

　上月が、あとで悔《く》やんだ言葉だった。でも知らなければ、希祥の隠している「心」はわからないと思ったのだ。心がわからない義父に代わって、誰かが彼のトラウマの中心を探らなければ……希祥のこの自己崩壊《ほうかい》は止められない。

上月はなんとかして、希祥を救けたかったのだ。自分の手で。

しかし、このあと上月は絶句する。

まさか、こんなことを映像で見せられるとは……思いもしなかったのだから。

＊　　＊　　＊

――どこへ行くんだよ、オヤジ。

足元の草原がスクリーンに変わっていた。学校のプールほどもある大スクリーンだ。

「あれは……苑望の事件が起こる、少し前だった。今から一年と数カ月前、か」

今とさして変わらぬ希祥の顔が、妃七と上月の足元にアップで映しだされていた。

スクリーンはシェルドンの創世したものではない。彼はそこにいる人の思考に自分の思考をリンクし、事実を伝えようとしているのだ。

そのシェルドンの思考を受けて、希祥の「夢」が変化しているのだった。

「我々はよく二人で、無意識界を見に出かけた。希祥の深層意識を通して、ね」

「やめろ！　やめろって言ってんだよ！」

空中に佇《たたず》む、現在の希祥が叫ぶ。

しかしその声もむなしく、映像は進行していった。

「人間はみな、無意識界を意識的に見ることはできない。辛《かろ》うじて、優れたEサイコ能力者が、このように『夢』としてその姿をとらえるのだ」

シェルドンが解説する。

やや若き希祥と、壮年の義父の姿が、スクリーンのなかにあった。

二人の目の前に広がるのは、漆黒《しっこく》の海。無意識界だ。

――無意識界はね、最も深層に眠っている『内海』なんだ。

心の最も深淵《しんえん》にあるインランド・シー。

シェルドンが息子にそう説明していた。

希祥の夢のなかで、しばらく二人は肩を並べて内海を見つづけた。

「その日、私は深層意識から……息子を連れだそうと試みた」

――おいで。

――どこへ？

白衣をきたシェルドンが、息子に向かって手を差し伸べた。

「はじめ希祥は……警戒しているようだった」

「よせ！　今更、そんな古い記憶、見せるんじゃねぇ！」

――大丈夫だ。海は外も中も……生命を育《はぐく》む。こんな海でも、生命を受け入れることはできるはずだ。

おいで、とシェルドンは息子を誘う。

――けど、ここは……

漆黒の海に、シェルドンは一歩、入りこんだ。

波のない海。それは途方もなく大きな、水溜《た》まりのようでもあった。

石油のように、黒く、重い水溜まりだ。

――オヤジ！

――大丈夫だよ。

ズズズ……と、腰まで沈む。

平然としている義父の様子を、息子は異様な目で見ていた。

――オヤジ、なにを考えている？

――私は試したいだけだ。

――試す？　なにを？

――おいで、海に敵意はない。抵抗しなければ、受け入れてくれる……。

「そこは私の故郷だった。私は無意識の一部だったし、実は何度も水浴びの感覚で来ていた。害はないと、知っていたんだ」

「けれど、希祥さんは…」

「そう、私は無意識から生まれた存在だが、希祥は違った。私は……試してみたかったのだ」

シェルドンは言った。

――おいで、希祥。無意識も意識も、人の精神世界に違いはない。いったん、意識を「無」に。それだけを念じていればいい。あとは私がお前をサポートする。

――でも……

――怖いのかい？　希祥。

腰まで黒い世界に浸《ひた》った義父は、上半身だけ振りかえった。

いや、違った。

――オヤジ……足が。

――そうだね。無意識の海はみんな還元してしまう。私の「下半身」というイメージもいまや、無に帰しているようだ。

そのシェルドンには、もはや腰から下がなかった。

――大丈夫。還元されたものは、また復元すればいい。

――けれど…。

――怖いかい希祥？

――けれど。

――人が元素に還《かえ》るのと同じだよ。復元のパターンは、精神のDNAに組みこまれている。おいで。怖くはない。

「博士はなにがしたかったんです？」

上月は尋ねた。

「何度も言ってるじゃないか？」

「言うな！」

希祥が叫ぶ。

「私は、『私』が知りたかったんだ。私は無意識界から意識界へやってきた存在だ。無意識で構成されていながら、意識界と融合している。だから私は逆を考えた。もし、意識が無意識と融合したら？　と」

――おいで、希祥。

上月が顔を引きつらせるなか、少年は義父の差しだした手にそっと触れた。

「博士……あなたはまさか…希祥さんを実験台に？」

よせ！　と希祥が叫ぶ。

よせ！　見せるな！　こんなもの見せるな！　人に……知らせるな！

――「無」の洗礼を受けるんだ。お前は私の息子になる。

――息子に？

――そう、より近い存在に……

「よせ――――!!」

希祥が叫んだとき、映像のなかの希祥は、漆黒のなかに埋没《まいぼつ》した。

沈むまでのほんの一瞬、希祥の顔は不思議なほど安らかだったと、上月には見えたのだった。

＊

「実験は成功した。希祥の精神は無に帰すことに成功し、そして復元された」

「失敗していたら……希祥さんは、どうなっていたんです？」

上月は血の気の失《う》せた唇《くちびる》を動かした。

「それは……無意識に埋没したままだったろう。あるいは逆流現象のきっかけになっていたかもしれないが……さまざまな危険性があったが、私は試してみたかった」

「……」

「希祥が復元されたとき、彼のEサイコ能力も桁《けた》違いに跳《は》ねあがっていた。当然だな。つまりアレだよ。ニワトリと卵だ。無が先か？　有が先か？　我々の違いはそれだけだ。希祥の精神の一部はもはや、私と同じ精神生命体としての機能を……」

「…言うな、よ。二人に言う…なっ…言ってんだよ…！」

上月がはっ、と気づいたとき、希祥は草原に背中をまるめてしゃがみ込んでいた。

一瞬、その希祥と上月の目があった。

上月は感じた。傷ついたネコの子のような瞳だと。

ふいに……希祥の姿が消えた。

「希祥！」

妃七が叫んだ。

逃げたな、とシェルドン。

「しかし、どうして希祥が嘆《なげ》くのか私には理解できない。通常、手に入らないほど、能力が拡張されたのだ。むしろ喜び自慢すればいいのだ。だが、私が告げたかったのは、希祥の能力の秘密ではない。いかに彼が私にすべてを託《たく》していたか、それを証明したかったのだ」

「黙りなさい!!」

上月は自分でも驚くほど怖い声をだした。

妃七さえもビクッと身体を震わせる。

「あなたは……さすが無魔だけあって、心無いことを平気でする！」

と上月は罵るように咎《とが》めた。

「息子を実験台にしても、ちっとも悪びれない。娘を見捨てても、罪悪感一つ感じない」

「……」

「日常生活から深層意識まで監督して……あなたの行いに、希祥さんがどれだけ傷ついたかも、わかっていない……！」

「希祥が？　何度も言うが、私は虐待《ぎゃくたい》は…」

「そういう話じゃない！　人はね、ちょっとしたことで傷つく動物なんです！　誰にも知られたくないことだってある！　ちょっとした秘密や欠点を知られただけでも、すぐ臆病《おくびょう》になって、あの人に嫌われるんじゃないか？　とか仲間外れにされやしないか、とか……そんな強迫観念にがんじがらめにされて！」

「……それは今の……希祥のことを言っているのかね？」

シェルドンは講義をうける学生のように、質問を返した。

「そうです！　彼は知られたくなかったんだ。このことだけは！『心』は他人の手によって傷つき、自分の手によっても傷つく。なかなか癒《い》えないし、傷つくことを防ぐこともままならない！　どうして嘆《なげ》くのかわからないって？　それはあなたが傷つかない無魔だからだ！」

上月の激しい怒りは、無魔に向けられていた。温厚で冷静で、年に一度怒るかどうかもわからない上月が、本気で怒っていたのだ。

「こういう心は、あなたには理解できないんでしょうね!?　では、こう言えば少しはわかりますか!?　最愛のお姉さんをあんなふうにした無魔と似ているなんて、彼の目の前で言っていいはずがない!!」

妃七がしくしく泣きだした。上月の激しい言葉が、彼女の心の琴線《きんせん》を揺さぶったのだろう。

「この理屈もあなたには、なんのことかさっぱりですか!?」

「……」

わからない顔をしている無魔に愛想を尽かして、上月は邪険《じゃけん》なため息をつくと、こう尋ねた。

「希祥さんは、どこに？」

「……さらに深い深層意識界へ逃げた」

「追いかけないと…。でもその前に妃七ちゃんを……」

妃七はひどくショックを受けていた。自分が怒っているのか、悲しんでいるのかわからないほどに。上月の言葉にひどく感動しているような気もしたし、ひどく共感している気もした。

「博士、妃七ちゃんを戻してください。これ以上、ここにいるのはつらいでしょう」

そう言う上月自身、自分の感情をもてあましていた。考えれば、どんどん深みにはまっていくようで、彼は考えるという行為をストップした。今は、怒りに身を任せている場合ではない。まず、妃七を落ち着かせて、安全な場所へ帰さなければ。

「や…だ。私もここに…いたい」

「ドクター・ストップだ、妃七ちゃん」

上月は真《ま》っ青《さお》な顔をしている妃七にそう返した。

屈《かが》みこみ、少女の肩に手をかける。カウンセリングでいつも、そうしていたように。

「希祥さんのことは、僕に任せてほしい。彼は今きっと、仲間外れにされるんじゃないかって、心配している。自分が無魔と似ているって、僕たちに知られたから、とても臆病になっている。希祥さんの気持ち、妃七ちゃんにはわかるね？」

「う……ん」

「だから、僕は彼を追いかけようと思う。追いかけて、摑《つか》まえて……いや、抱きしめて、安心させてやろうと思うんだ」

「ひっ……」

　妃七が涙をこぼした。

「任せてくれるね？　妃七ちゃんと二人分の想いを、届けてくるよ」

　うんうん、と妃七は言葉もなく首肯《うなず》いた。

「聞き分け……なか……ったら、叱《しか》ってもいいから、ね」

　母親のような妃七の言葉に、上月は「ああ」と答えた。

　そう、拒絶するようなら、殴ってでも想いを伝えるのだ。

　なにを怖がっているのだと言って、はやく安心させてやらないと。

「彼女を帰して」

　上月の命令口調に、シェルドンは素直に従った。

　上月のそばから妃七の姿が消える。

「希祥さんを追いかけましょう。放っておくと、きっとひどい自滅行為に走ります。妃七ちゃんがいない今、一刻も早く摑まえないと……」

考えることはあとでもできる。

上月は混乱する心に、一つの区切りをつけた。

まずは、希祥を助けるのだ。

希祥がなにものかは、あとで考えればいい。

希祥が無魔であろうと、なかろうと、彼を救うことが先決なのだから。

＊

希祥はどこまでも逃げた。

上月とシェルドンが追いかけると、また逃げた。

「まって！　希祥さん！」

上月が声をかけると、希祥はさらにスピードをあげる。

だから上月はいつも希祥の後ろ姿ばかり見ている。

どれぐらいの時間、我々は鬼ごっこをしているのだろう？

上月には、それが二時間にも三時間にも感じられるのだった。

「あ、まずい」

とシェルドンが呟いた。

「逃げ場に困って……他人の夢に逃げた」

他人の夢？

「追いかけて！」

「しかし……」

「いいから早く！」

上月がせっつくと、シェルドンは上月の腕を捕まえて跳んだ。

一瞬、激しいめまいに襲われる。

と――――いきなり、大きな交差点に立っていた。スクランブル交差点だ。

見慣れた東京タワーがビルの合間から見えていた。

誰の夢か知らないが、希祥の世界でないことは、はっきりしていた。

「希祥さん！」

人通りの多い交差点。

希祥は人混《ご》みを利用するかのように、逃走した。

「逃げないで！」

どれほど願いをこめて呼んでも、希祥は立ち止まらない。

上月の声が近ければ近いほど、彼はものすごい勢《いきお》いで逃げるのだった。

その後ろ姿を追いかけているうちに、上月は遣る瀬《やせ》なくなってきた。

なぜ逃げるんだろう？　なぜ、怖がるのだろう？

僕はただ、安心させたいだけなのに。

「また移った……上月先生、ちょっと提案が……」

「うるさい！　早く追いかけて！」

「……」

上月は、シェルドンに言い返した。

心のなかで、彼に対するひどい憎しみが芽生《めば》えようとしていた。

最初は怒りだったものが、憎しみに変わろうとしているのだ。

あんなふうに、息子を実験に使うなんて……！

これを考えると、悲しいのか、苦しいのか、憎いのか、怒っているのかさえわからなくなるのだ。

また——いきなり視界が開けた。

なんと雄大な夕陽だろう。

圧倒されて、上月は一瞬、立ち止まった。

巨大な夕日が海に沈もうとしている。

海の色は朱と青と紫、オレンジ……虹色の海だ。

誰かの心のなかにある、内海《インランド・シー》。

希祥がその海を渡っていく。素足で駆けている。

その姿が……

いつのまにか、少年の姿に変わっていた。

「先生、これ以上は無理だ」

「どうして⁉」

隠しきれない敵意が、上月の言葉に刺《とげ》を加える。

それに気づかない無魔は、冷静に返答した。

「君の精神が保《も》たない。人の夢から夢へ渡ることは、力のないものには、かなりの負荷《ふか》がかかる。希祥のほうにも問題が……見たまえ。年齢が退行している」

「……」

たしかに、海の表面を走る希祥の姿は、十歳くらいになっている。

「このまま退行をつづけると、やがて一つの細胞にまで還元される。意志がなくなると、一個の細胞は無意識界に……そうなると私でも拾いだせるかどうか……」

「では尚更《なおさら》、急がないと！」

上月が焦《あせ》って前に一歩、踏みだしたそのとき。

突然、右足と右手がひどく強い力で後方にひっぱられた。

身体がバラバラになるような衝撃のなかで、前につんのめる。

シェルドンがその上月の腕をとって支えた。

「限界だ」

上月の身体が、グゥンとピザチーズかなにかのように伸びたのだ。

痛覚のあるピザチーズだ。

上月の「自分」というイメージが、乱れてきているのだ。

「提案がある。とりあえず希祥を彼の身体《からだ》に返そう。これ以上退行されては厄介《やっかい》だ」

とシェルドンは言った。

「できるんですか？」

「強制執行だよ」

「だめです！」

上月は即反対した。

「今の希祥さんに強制してはいけない！　人間の心はいつでも自発的でなければならないんです！　とくに今の希祥さんにそんなことをすれば、彼はもう自力で復活できなくなる！」

「というが、このままでは君が自力で復活できなくなる」

「かまわない！」

上月は叫んだ。

豆粒のように小さくなった、希祥の後ろ姿を追いかけて再び走りだす。

「希祥さん！　希祥さん！」

シェルドンは「理解できない」と呟《つぶや》いた。

彼には理解できなかった。自分の命を投げうってまで、救出してなんになるのだろう？

「人間は、複雑だね」

無魔は呟いた。

＊

希祥さん！　待って、待ってください!!

何度声をかけても、希祥は立ち止まらなかった。

どんどんその姿は、細く小さくなっていく。

心の退行を表すのか、着ている服もどんどん見窄《みすぼ》らしいものになっていった。

汚れたストライプ地のTシャツと半ズボン。靴下も靴もはいていない。

栄養不良児のような男の子が、頼りない足取りで走りつづける。

あっ！

少年が転倒する。

虹色の海は地面より優しく彼を受けとめた。ポコンとへこんで、トランポリンのように少年を持ちあげる。

夢の持ち主は、心優しい少女なのかもしれない。

「希祥さん！」

上月がやっと追いついた。

——来るな！

甲高《かんだか》い少年の声に、上月はようやく足を止めた。

初めて希祥が声を返したのだ。

——来るなよぉ。

白い顔が、泥《どろ》にまみれたように浅黒かった。

その頬《ほお》に光る涙が伝う。

「逃げないで。そうしたら追いかけないから。話がしたいだけなんだ。怖がらせたり、痛いことをしたりしないか…ら…」

ドクッ……！

不快感をともなう衝撃が、身体の内から襲ってきて、上月は自分の心臓に手を当てた。

「先生、身体に変調が……心臓が弱ってきている」

シェルドンが、海のはるか彼方に視線を向けて言った。

彼には、警察病院の一室で意識を失っている上月の様子が、見えているのかもしれない。

「そんなこと、どうでもいい。今は…希祥…さんを」

上月には本当に、自分のことなどどうでもよかった。

彼は心臓に手を当てたまま、少年に話しかけた。

「君のことが……心配だ」

――……。

「とても心配している。どんどん小さくなっていくから、とても心配している」

倦怠感《けんたいかん》が重圧となって、上月に押し寄せてきていた。

目がかすんで、焦点を合わせるのに苦労する。

もう一歩も動けない。

上月は海のうえに、膝《ひざ》をついた。

「先生、このままでは心臓が止ま……」

シェルドンの声を「うるさい！」と上月ははねつけた。

心臓が止まるくらいなんだ？ と彼は本気で思っていた。

「希祥さん、少し話をしよう。少しでいいから」

――……。

貝のように口を閉ざす少年を前に、上月は現実をふりかえる。

こんなふうに、現実でも仕事をしているよなぁ……

いつもいつも、相手が心を開くまで、根気よく語りかける。

絶対、強制しない。威圧《いあつ》的になってはいけない。

威嚇《いかく》するなんてもっての他。

ただ、静かに待って……相手が心を許すまで待つ。

鷹《たか》や虎《とら》を手懐《てなず》けるのと似ているようで似ていない。

人間は……もうちょっと複雑だ。

とくに子供の相談者は……

みんな傷つきやすいから、気を遣《つか》う。

「上月先生、少しの時間が、君には……」

「いいから黙っていてください！　お父さん」

と上月はシェルドンに返した。

今、カウンセリングは始まったばかりじゃないか。やっと、逃げなくなったところなのに。

ここで止めたら、明日また、追いかけるところからやりなおしだ。

上月の思考は朦朧《もうろう》としていた。現実と夢の区別がつかなくなっていたのだ。

彼は海のうえではあるが、現実で仕事をしているような感覚でいた。

「ちょっとだけ…話そう。イヤなことはなにも言わなくていい。こっちも聞かないから。ええっと、どうして君は逃げているんだっけ？」

語りかけながら、上月は目まいを覚えた。

過労かな？

――上月先生、マジメすぎるのよ。

妃七の言葉が聞こえたような気がして、上月は目を閉じたまま、ふとほほ笑んだ。

「そうだ。なにか悲しいことがあったんだ。イヤなものを見せられて……逃げたんだ」

呂律《ろれつ》が回らなくなってきた。ちくしょう、この肝心なときに……。

上月は抗《あらが》いがたい疲労感を罵った。

「もう、逃げなくてもいいんだよ。嫌がることは誰もしない。したら先生が、とっちめて…」

重い目蓋《まぶた》を持ちあげると、華奢《きゃしゃ》な二本の足が視界に入った。

一メートル足らずのところに、男の子がいる。

近づいてきてくれたんだ。少し、警戒心を解いてくれたんだ。

上月はその足を見て、嬉しくなった。

「また……ちっちゃくなっちゃったね？」

小学校に入学したばかりぐらいの少年が、上月の前に立っているのだった。

大きくて、澄んだきれいな瞳だ、と上月は思った。

この子、誰だっけ？

――大丈夫？

変声期前の、少女のような声が返ってきた。

「うん。ちょっと最近、疲れていてね。でも大丈夫。君は大丈夫？」

――うん。

「そうか、よかった。今日はお母さんと一緒に来たの？」

――……。

「違った。お父さんが来たんだ。そうだ。お父さんがやってきて、君を助けてくれって…」

確かそうだったよなぁ？

上月は自分の脳が半分溶けかかっているような気がしていた。

考えたいのに……考えることができない。思い出したいのに、思い出せない。

「君はお父さんが好き？」

上月は少年に尋ねた。

――……。

「お父さんは君に優しい？　いや……優しくなかったんだっけ？　なにもしてくれなかったって……言っていたよね？」

上月は残った記憶の断片を読みあげるように、呟いた。

「そうだ。お父さんは君になにもしなかった。悪いこともしなかったが……いいこともしなかった。あの人は、できない人だった。君はいつもそんなお父さんと一緒にいた」

もどかしいぐらい、記憶が散漫だ。

その記憶を掻《か》き集めるようにして、上月が語る。

「お父さんの手伝いを君はしていた。ずっと、ずっとだ。命令されて仕方なくやっていた」

——違う。

「違う？　自主的にやっていた。そうだ。君は自《みずか》らすすんでお父さんの手伝いをしていた。手伝いは面白《おもしろ》かったの？」

——別に。

「そうか。面白くはなかったけど、お父さんのためにやっていたんだ。お父さんが好きだったの？」

——……。

「君はたしか養子だった。新しいお父さんとうまくやっていくために、君はお父さんに従順だった？」

——ちょっと違う。

「そうか。ちょっと違うか。なにもしてくれないお父さんに、なにかして欲しかったんだ。遊園地に連れていって欲しかった、とか。ゲームを買って欲しかったとか……」

——そんなものいらない。

「じゃ、なにが欲しかったの？」

なにが欲しかった？

その言葉を、彼の義父も問うてはいなかったか？

そうだ。彼は義父になにかをしてもらいたかったのだ。

欲しいものを与えてもらうために、彼は協力していた。全身全霊をかけて……

そこまでして、彼が欲していたものはなんだ？

――でもオヤジはくれなかった。

声が今までの子供の声とは違う。

変声期のすんだ青年の声に変化したのだ。

退行が……止まった？

上月はもうそれ以上、深く考えられなかった。

押しよせる倦怠感に抗うことができない。相手の姿を確認しようにも……もう自分の目がどこにあって、どうやれば目が開くのかすら、わからないのだ。

――あいつには、わからなかったんだ。俺は理解してもらえないとも知らず、懸命に協力していた。

この声、誰だっけ？

とても親しみを感じる声だった。知っている人の声だということはわかる。でも誰だったか？　上月はどうしても、その人の名前が思い出せなかった。

――ちょっとぐらい、情緒が欠けていたってかまわなかったんだ。人間だったらいつかわかってくれる、そう思っていた。

話を原点に戻そう。上月は回らない頭で、相手の言葉を整理しはじめた。

彼らは…決して、仲の悪い親子ではなかった。

「そうだ。君のお父さんは、『契約』後も君を虐待しなかった。お姉さんにも約束どおり手を出さなかった。だから……君はそのとき少し期待したんだ」

――まったく無駄《むだ》な期待をね。

「君は……とても嬉しくなった。彼の態度は紳士的で……虐待を覚悟していた君は、そのぶん余計に嬉しかった。研究熱心な彼は、とりたてて君に優しい言葉はかけなかった。けれど、それも不器用な人なのだ、とそう思えた」

――最初はな。

「違う。君はずっとそれを信じていた。いつか父が、父らしくなってくれることを期待していた。尽くせばその見返りとして、自分の望むものが与えられると信じていた」

――ところが、無駄だったんだよ。無駄だとも知らず、俺は海に……入った。

「海って……無意識界の海？」

――入ったら息子になれるって言うから……信じた。俺が息子になる、ってことは、あいつが父親になるってことだろ？

そうか。息子になることで、もっともっと義父に接近できると、彼は思ったのだ。

だから彼は危険を本能で察知《さっち》しながらも、父親に従った。

――けど、俺が望むものはなにも与えられなかった。与えるにも……オヤジには理解できないものを俺はねだっていた。無魔には……絶対、わからねぇものを。俺はただのバカだ。

無魔。そうだ。彼の父親は、人間ではなかった。

――俺が海で拾ったものは、オヤジの正体だけだった。それと…俺の正体だ。息子だって？　笑わせる。こんな親子関係が欲しかったわけじゃ…なかったのに。

わかりかけてきた。

彼が激しく父親を憎む理由が。彼が激しく無魔を憎む理由が。

上月は言った。

「君は、与えてもらえなかったから、憎んだんじゃない。望んでも叶《かな》わない相手に一生懸命尽くしたことが、『虚《むな》しかった』んだ」

――……。

「虚しくて、しかたなかった。君は無魔という生物を憎んだんじゃない。好きだったお父さんが、無魔だったから、『悲しく』なったんだ」

――違う。

「違わないはずだ、希祥さん」

そうだ、彼はそんな名前だった。

上月はようやくその名を思い出した。

「あなたはお父さんが好きだったんだ。一緒に住む間に情が移っていった。でも、お父さんが人間じゃないと知ったとき、あなたは虚しくなった。願っても願っても、その『願い』が理解できない相手に、見返りを期待していたのかもしれない。そう思うと、ひどく虚しくて……お姉さんがあんなことになると、ますます悲しくなって、その虚しさと悲しさを跳ね返すためには、憎しみと怒りと……激しい殺意でごまかすしかなかったんだ」

きっとこれが、希祥が激しく義父を憎むようになった、本当の理由だ。

違う。憎しみの奥に隠れていた真実の感情だ。

希祥は……虚しくて、悲しかったのだ。

「あなたはたった一度でいいから、お父さんに『優しく』されたかったんだ」

ほんのちょっとした仕草でよかったのだ。

少年は、高価なモノをねだっているのではなかった。

ごくさりげない、仕草を返してほしかった。

不器用でもいい。言葉はなくてもいい。

本物の優しさを、彼は求めつづけていたのだ。

――あいつは……いつも「よしよし」と「いい子」って言葉で片づけるんだ。心なんか、ちっともこもってねぇ。そのたび俺は、自分がまだ尽くしたりないからだって思っ……。

「希祥さん…」

――心のない化物《ばけもの》に俺は本気で、期待していた…んだ。

彼は父親を消すことで、自分の虚無感《きょむ》を抹殺《まっさつ》したかったのだ。

――無駄になった献身も、期待も、「好きだ」って想いも……みんなヤツと一緒に「無意識界」に葬《ほうむ》りさるんだ。それできっと俺は、楽になれるはずだ。

涙がこみあげてきた。

涙が「瞳」の場所を教えてくれる。そうだ、僕の目はここにあった。

途切れゆく意識のなかで、上月は自分の目に残っている意識を集中した。

目を開けるんだ。

目を開けろ。

目を開けるんだ！

ゆっくりと、視力が戻ってくる。

「希祥…さん？」

この泣いている少年は、彼なのだろうか？　十五、六歳ぐらいの姿をした少年が、自分の目の前に座りこんでいた。うつむいて、長い足を抱えこむようにして。

「俺は普通の、ごく普通の親が欲しかった……んだ。俺も余計な能力なんか、欲しく……なかっ……」

上月は、その肩をそっと抱きしめた。

普通であれば叶う、平凡なものが欲しかった。……と、そんな想いがひしひしと伝わってくるのだった。

天才の名も、ＩＳＱも、無魔のような巨大な力も、なにも要らない。

すべてがなければ得られる「普通」が、彼は欲しかったのだ。

上月は語った。

「普通でも普通でなくても、希祥さんは希祥さんだ。なにをそんなに気にしているんです？

妃七ちゃんも僕も、そんなのちっとも気になりませんよ」

「でも……俺にはすっごく重いんだ。これ以上、人と違うなんて……知られたく……ない」

ごめんね、知ってしまって。

でも知った今でも、なにも変わらない。

変わらず、僕たちはあなたのことが好きですよ。

そう言って、上月は残っている力をふりしぼるように、少年の肩を強く抱きしめた。

八　オープン・シーのように……

無茶をした上月《こうづき》は、現実世界でつらいしっぺ返しを食《く》らった。

精神面に相当ひどいダメージを受けたせいで、思考能力が欠如《けつじょ》。心の満身創痍《まんしんそうい》状態とでも言おうか。どうすれば右手が持ちあがるのか？　それすら咄嗟《とっさ》に思い出せない有様だ。

「だから言ったでしょ？　限界だって」

と言いつつ、口すらきけない上月の治療をしたのはシェルドンだった。

警察病院の集中治療室《ICU》にすぐさまぶちこまれた上月は、容体が安定するとラボの付属病院に移された。ラボ側としては、今回の件をシェルドン（ジュニア）に一任している。一件に絡《から》んで負傷した上月を拒《こば》むわけにはいかなかった。

ラボとシェルドンの協力がなかったら、上月は半年の入院を余儀《よぎ》なくされているところだ。

この無魔《むま》・シェルドンにとって人を喰《く》うのも、癒《い》やすのも、あまり大差がないらしい。

どうして大差を感じないのか？　上月には理解できなかったが、大差を感じていないらしいことは、甲斐甲斐《かいがい》しく癒やしつづけたシェルドンの態度が明らかにしていた。

たのだった。

上月は釈然《しゃくぜん》としない気持ちのまま、「音叉《おんさ》」を用いたEセラピーの驚くべき効用を実体験し

よく効く薬を飲んだような……というか、枯渇《こかつ》した井戸から水が溢《あふ》れるように、気力が戻ってくるのだった。

高速再生で、花の開花を見るような、そんな感触もした。

従来の心のケアを考えると、心のない者に心の治療はできないはずだ。

しかし、シェルドンのこの療法は、今までの概念にまったく当てはまらないものだった。

たとえるなら、傷ついた患部に、万病に効く特効薬を塗る作業とでも言おうか。それが火傷《やけど》でも打撲《だぼく》でも切傷でも、どうでもいいのだ。塗りさえすれば治る特効薬を発見した彼にとっては、全《すべ》て同じ手法で治すことができるのだから。

精神のDNAと時間軸が……なんたら、とシェルドンは説明したが、その原理はどれも「人間」の常識をはるかに超えていて、上月には理解できなかった。

「けれど『復元』にも限度があるんだ。今度、こんな無茶をしたら死ぬからね」

身を案じて忠告しているようではなかったが、シェルドンはそう言った。

きっと本当に死ぬから、そう言ったのだろう。

話をする気力が出ると、上月はまっさきにシェルドンに問うた。

「それで、希祥《きしょう》さんがあなたに望んでいたものは、わかりましたか?」

それを教えてくれ、というのが、今回のシェルドンの依頼でもあった。

「優しく、だろ？　しかし具体的になにを望んでいるのかは、さっぱりわからなかった」

やっぱりね。と上月は思った。

希祥ならここで「くそっ！　死んじまえ！」と怒鳴っているところだ。無魔に説明するということは、馬の耳に百回の説明をくり返すより虚《むな》しい行為だった。

「しかし、ヒントは得たよ」

とシェルドンはパジャマ姿の上月に語った。

「どんなふうに解釈したんです？」

「希祥は、上月先生のような父親がほしかったんだ」

「……」

「そうだろ？」

これには上月も絶句だ。

「が、具体的にどうすれば上月先生になれるのか、さっぱりわからなかった」

……やっぱりね。

新手《あらて》の脱力感に上月は苛《さい》まれていた。

＊　　＊　　＊

事件から一週間後、上月に外出許可がおりた。

もちろん、許可をおろしたのはシェルドンだ。世間では「シェルドン・ジュニア」となる。

上月はマンションのセキュリティ・ドアの前で、部屋番号を押した。

「上月です。すみません、少しいいですか？」

返答はなく、ロックだけが解除された。

マンションの最上階まであがる。

扉は以前と同じように、タイミングよく内側から開いた。

「すみません、またゾロゾロと……お邪魔して……」

「はぁ～……」というのは、ラフな服装で出迎えた、家主のため息だ。

夢も現実も大差ねぇな、とでも言いたかったのだろうか？

上月の横には、神妙な顔つきの佐伯妃七《さえきひな》が……

やぁ、と上月の後ろで手を振っているのは、年齢不詳の義父、シェルドンだ。

「……」

希祥は、扉を開けたまま、背中を向けた。さっさとリビングへ戻っていく。

一連の事件で、上月ほどでないにしろ、希祥も精神的なダメージを被《こうむ》った。

仕事にはまだ復帰していない。自宅で療養中だ。自称、面会謝絶状態。電話にすら出ない。

そこを、アポなしで押しかけたのだった。

冷たい空気を感じながら、上月は「お邪魔します」と、一歩入室した。

上月につづき妃七が入室する。

そして、シェルドンが入室した。

＊

黒いソファに上月と妃七は並んで腰をかけた。

シェルドンはどういうわけか、絨毯《じゅうたん》のうえに直《じか》に座りこんだ。遠慮して、というわけでは絶対にないのだろうが、かといって何を考えてのことかは、人には想像できなかった。

「なんだよ？　さっさと用件を言えよ」

上月が切りだしにくくて困っていると、つっけんどんに希祥は促《うなが》した。

ぎこちない空気は予測していた。本当は居留守を使いたい心境だったはずだ、ということもわかっていた。ただシェルドンがいる以上、居留守も陳腐《ちんぷ》なのだ。おまけに、どこへ隠れてもすぐに見つけてしまう。だから、希祥も彼らの入室を許したのだ。

これも一つの強制だ。やむを得なかったとはいえ、上月は希祥に申し訳ないことをしたように感じていた。

「えっと……まず、あなたに謝罪しなければならないことがあります」

最近、めっきり弱体化した「勇気」を奮《ふる》い立たせて、口を開く。

「僕はあなたの過去をあなたの許可もなしに、義父であるシェルドン博士から勝手に聞きだしました」

と上月は語った。

「僕と博士とのあいだには、依頼関係が成立していて……彼が無魔であることは知らなかったにせよ、我々のあいだにはもう金銭的な拘束《こうそく》が絡《から》んでいるんです」

そうなのだ。シェルドンは、すでに大学病院にカウンセリングにかかった費用を納めている。

現実とはおかしなものだった。妙に理屈っぽい。感情を抜いた「立場」が、関係を定義づけているようなところもある。

シェルドンは無魔で、怒りを覚えずにはいられない存在だ。けれど、腹は立つものの、根強く腹を立てても虚しい相手だった。

おまけに、上月にとってはいまや「命の恩人」。それも全く恩着せがましくない恩人で、自分がどれほど「いいこと」をやったのかも認識していない。上月との依頼関係上、「上月の死」が依頼内容に該当《がいとう》していないから、助けたらしいのだ。

こんな相手だけに、上月の怒りは持続しなかった。感謝も持続しない。でも感謝しなければ、自分がすごく傲慢《ごうまん》な気もしてくる。なにはともあれ命の恩人ではないか？

これを考えると、生真面目《きまじめ》な上月は頭が混乱するのだった。

ややこしすぎて、最近、上月はシェルドンとのあいだに発生する感情については、考えないことにしていた。今日は感情はすえ置きに、シェルドンの立ち会いのもと、希祥と話し合わなければならないことがあって、マンションへやってきたのだ。

上月はつづきを語った。

「もちろん仕事には守秘義務が発生します。妃七ちゃんにも前もって、プライバシーは他言しないようにと約束…」

「うざってぇ……」

上月の言葉を希祥は一言で切り捨てた。

「……すみま、せん」

言い訳に聞こえたんだな、と上月は悟った。

「本当にすみません。僕は道徳的に許されないことをしました」

希祥の身を案じてやったことだった。でもそれを口にしたところで、希祥にはまた言い訳に聞こえてしまうだろう。それがわかっていたから、上月はなにも言わなかった。

それから……と上月は話題を切り替えた。

「手紙とディスクを、回収しました」

「なに!?」

驚きと非難を含んだ声が返ってきた。

「ディスクには彼がシェルドン・ジュニアではなくシェルドン博士本人であるということを示《し》唆《さ》する内容が書かれています。ところが、彼はドイツで葬儀を行う際、百人以上の人に暗示をかけているんだそうです。その人たちはシェルドン博士が死んだことを目撃している、と思いこんでいる。死亡診断書を書いた医師もです。ここでジュニアが博士本人だと言っても……世間が混乱するだけなんです。今、真実を暴露《ばくろ》することが、いい結果に結びつくとは限らない。……だから証拠品は回収しました」

「シェルドンの…いや無魔の言いなりだな、上月」

「違います」

希祥の刺々《とげとげ》しい皮肉に、上月は間髪《かんはつ》入れず反論した。

「僕は証拠を回収するにあたって、彼に条件を出しました」

上月は言った。

「人の意識を喰《く》わないこと。みだりに未来干渉《かんしょう》しないこと」

希祥は驚いた。

無魔と取り引きをした、というのだ。しかもその条件は、まだまだつづいた。

「本人の許可もなく、プライベート——私生活も深層意識もどちらもです——に侵入しないこと。自己の研究は、他者の被害が出ないことを前提で行うこと。それから『音叉《おんさ》』を用いたセラピーは、『人』がその安全性を解明できる時代がくるまで、乱用しないこと」

「……その条件を受けたのか？　オヤジ」

さすがに度胆《どぎも》を抜かれたのか、希祥がシェルドンに尋ねた。

「うん。受けた」

とあっけらかんとして本人が返す。

「それで本件はおしまいにしようと、我々のあいだでは合意に至《いた》っているのです」

と上月は説明した。しゃべり疲れたかのように、はぁ……とため息をつく。

外出許可は一時間。それが前提だった。

上月はまだ全治にはほど遠い状態だったのだ。

考えていることを言葉に置き換える作業も、少ししただけで息が切れるほどつらい。

「上月先生……大丈夫？」

彼の横に座っている妃七が気遣《きづか》った。

「ん。まだ本題が…残っているからね」

妃七にそう返して、上月は希祥さん、と呼びかけた。

「これから、一番、大切な話をします」

上月の体調を察したのか、希祥の表情は若干《じゃっかん》かたくなった。

「妃七ちゃんと僕は……あなたが絶対、人に知られたくないと思っていることを…知ってしまいました。まさかあなたが実験台にされているとは……想像もしていなくて、僕は嫌がるあなたの目の前で…」

「思い出させるなよ」

それ以上、口にするな。そんなニュアンスを含めて、希祥が言葉を挟《はさ》んだ。

そうですね、と上月。

希祥が二人に知られたくないことがあったとするなら、それは父親が無魔だった、ということではなかった。自分が、人でありながら人以外の要素を持っているということだ。

「やっぱり、まだ気にしているんですね」

「……」

希祥は答えない。

無口な希祥の顔をチラッとのぞき見て、妃七はうつむいた。

部屋に入室してからというもの、妃七の表情は暗いままだ。

この一週間、ずっとこんな様子だった。数日、学校も休んでいる。

上月も希祥もひどい満身創痍状態だったが、精神世界で知った「真実」に、少女も心を痛めていたのだ。

――人の秘密はね、知らないほうがいいんだ。

上月が言った言葉を、妃七は痛感していた。

相手の秘密を知ることで自分が傷つくなんて、彼女には初めての経験だったろう。

「僕たちは気にしていないと何度言っても、きっとあなたは気にするんでしょうね？」

上月は優しく、悟ったように問いかけた。

「なら、あの事実だけは知らないほうがよかったのだと思います。僕は日頃から思っているんです。人の秘密は知らないほうがいいって。僕にだって人に知られたくないことの一つや二つあります。それらを全部あなたに話してもいい。でも、きっとそんなことじゃ、あなたは安心しないんでしょうね」

なにも知らない顔をすることはできる。

一生、この話題を口にするなと言われれば、厳守する。

でも、きっと希祥は感じてしまう。上月に会った瞬間いつも「ああ、こいつは知っているんだ。俺の心の半分は、人じゃないってことを」と感じてしまう。

一瞬感じるだけで、希祥の心に負担がかかる。

「このままでは、まず希祥さん、あなたの精神が保《も》たないと思います」

人はちょっとしたことで劣等感に縛《しば》られる。

ちょっと太っているとか、背が高いとか、低いとか……

髪が薄いことを、ものすごく気にしている人もいる。

気にしなければいいのだ。

他人はそう思う。「それがどうした？　些細《ささい》なことだよ」。そう言うこともできる。

でも、その些細なことが、本人にとっては、はかり知れない重荷なのだ。

希祥もそうだ。

物心ついたころから、希祥がずっと他人にたいして感じてきた劣等感。

それは――人と違う、ということ。普通じゃないということ。

天才だともてはやされていても、彼の心は疎外感《そがいかん》を感じていたはずだ。

天才も、普通じゃないから。

人の意識を喰う無魔と同じ要素を持っているなんてことは、彼には耐えられないほど「普通じゃない」ことだった。

いや、それだけじゃない。徹底して嫌われてもしかたがない真実だ。

だから、人に知られてはいけない。「封印」しておくのだ……一生。

上月は希祥の白い顔を見て、あることを決断した。

希祥さん、と呼びかける。

「あの記憶を消しましょう。僕と妃七ちゃんは、なにも知らなかったことにするんです」

「……」

希祥が絶句した。

「妃七ちゃんにも了解をもらっています。あなたが了解してくれたら、すぐにでもシェルドン博士に実行してもらうつもりで……今日、来たんです」

それが今日ここへ来た、最大の目的だった。もし、希祥がまだ臆病《おくびょう》になっているようなら、この「手段」を取らざるを得ないと、上月は思っていたのだ。

「あの事実はあなたとお父さんだけの秘密でなくてはならない。他人は知ってはいけない。記憶の操作は、彼の得意ワザですから、うまくやってくれるでしょう。異論がありますか？」

と上月は希祥に尋ねた。

「あんたは……それでいいのか？」

希祥は、そう呟《つぶや》いた。

あの事実を知られなかったら……？

きっと、今とは比べられないほど、楽になれる。

忘れてもらうことで、また封印できる。

自分自身すら知らないフリをしていれば、きっと平穏に生きていける。

希祥はそう感じていた。上月は沈黙していた。だから希祥は次にこう尋ねた。

「妃七は……それでいいのか？」

「……う、ん」

と小さく首肯《うなず》きつつ、妃七はポロッと涙を見せた。

「知ったほうも……つらい、か」

妃七を見て、希祥は言う。

「あんたの案だ。上月先生。あんたはそれでいいんだな？」

「僕の案です。忘れるのは……慣れているんです」

「心療科医の鉄則とやらか？」

「そうです」

心療科医は相談者との関係を、自らの意志で消していく。

そのことを思えば、記憶の一辺を切るぐらい、たいしたことじゃない。

また、希祥とはいつもどおり話ができる。

一緒に食事をして……ときにはグチの言い合い。

「それで、すべてが円満に解決するのなら、実行すべきではありませんか？」

絶縁するわけじゃない。むしろ、関係をつなぎ止めるために忘れるのだ。

「……円満、ね。模範解答だな、上月先生」

希祥にそう返されて、上月は胸に鋭い痛みを感じた。

相変わらず、建前《たてまえ》しか言わない男だと、そう言われたような気がしたのだ。

「本当は、知って、おじ気《け》づいたから逃げるんだろ？」

希祥がそう言ったとき、上月はひどく狼狽《ろうばい》して反論した。

「それは違います！　恐怖心があったら、ここに来ていません!!」

「ウソつけ、逃げるんだよ。こんな何者かよくわからないようなヤツ、イヤに決まってる。俺だってこんな相談者がきたら、体《てい》よく放りだす。手に負えないからな」

「違う！　そんなつもりで記憶を消すんじゃない！」

「そうなんだよ！　せめてそれぐらい認めろ！　円満解決ってのはそういう意味なんだよ！」

「違う!!」

激しく頭を振って、上月は否定した。

「はっきり言って、僕はあなたが無魔でもいいんです！　あなたは気にしているが、僕は気にしていないから！」

「ウソつけ！」

「本当です！　僕は希祥さんがずっと元気でいてくれたら、なんだっていい。どっちだっていい！　そんなことどうでもいいんです!!」

上月は言った。

無魔だからどうだというんだろう？

シェルドンではないが、上月もずっとそう思っているのだ。

希祥は希祥だ。

「ならどうして忘れようとするんだよ？」

と希祥が尋ねた。

「あなたがひどく気にしているからですよ。精神に負担をかけちゃ、あなた、保たない人なんです。絶対、ふさぎ込んだり病気になったりする。それが見えるから……！」

「……」

「前代未聞のコンプレックスなので、僕もどうフォローしていいのかわからない。下手な慰《なぐさ》めも失礼だと思うと、慰めることもできない。でも、きっとこの先ずっとあなたはそのコンプレックスを引きずって生きていく。それが自己嫌悪の最大の理由だと知っていて、でもあなた自身、どうしようもないんです」

「……」

「あなたの心が荒《すさ》んでしまうのは、あなた自身の脆《もろ》さに幼少のころからの生活環境もあいまって、自己嫌悪がクセになってしまっているからです。その上この実験が、さらに拍車《はくしゃ》をかけてしまった。分析はできる。でも……僕にはそのコンプレックスを取り払ってあげることが…できき……」

上月の声は、自分の無力を呪《のろ》っているように、途中で途切れた。

最後まで、言い切ることすら、情けなくてできなかったのだ。

希祥は静かにため息をついて、妃七にこう問うた。

「妃七は、俺が怖いか？」

突然の問いかけに、妃七はドキッとして顔をあげた。

「お前は以前、無魔に心を喰われたことがある」

「……」

「似てるんだってよ。俺って」

希祥の瞳が、妃七を見つめていた。

「そんなこと、ない…絶対」

歯を食いしばるように嗚咽《おえつ》をおし殺して、妃七は返した。

「けど怖いだろ？　そう思うと？」

「怖くない…もん」

「そうか？　でも知らなきゃ、もっと怖くないな？」

「…うう……ふぇっ……」

妃七が声をあげて泣きだした。

押し問答で押し切られて、なにも言えなくなったからだ。

「じゃ、さっそく消すか？　オヤジ」

希祥が立ちあがる。

妃七がそれに合わせたようにワンワン泣きはじめた。

「泣くなよ」

妃七は、なにが悲しいのか、言葉にならなかった。

まるで大切な「宝物」を取りあげられる前のようだ、と妃七は漠然と感じていた。

「泣くな、よ。どうして泣くんだ？」

あんまり勢いよく泣くので、希祥は困惑《こんわく》した。

ちぇっ仕方ないな、と言いたげに妃七に歩み寄る。

膝《ひざ》をつくと、希祥は泣いている妃七の顔を、そっと持ちあげた。

「なんで泣くんだよ？　お前さっき、それでいいって言ったろうが？」

「わわ……わかんない、の。でも悲しい。記憶、とられるの……悲しい」

なぜと言われても、説明できない。ただ、ひどく悲しい。

自分の心の一部が無くなるように……悲しいのだった。

「余計なモン、抜くだけだよ。またいつも通りさ。ラボで毎日、喧嘩《けんか》して…な？」

「ふっ…うう…ふぇ～ん」

「記憶を切るってのは痛くないんだ。あっというまに終わっちまう」

まるで、注射を嫌がる子供をあやすように、希祥は妃七に語りかけた。

妃七はますます大声で泣きだした。

「き…希祥は、そのほうがいい？　忘れたほう…が、いい？」

「……ああ。お互い楽だろ？　そのほうが」

「そう、な…のかな…？　ひっ…ううううっ……」

「な、泣くなよ」

あなたが気遣うから、泣くんですよ。と上月は言いたかった。

妃七を気遣う希祥を見ているうちに、上月は色々なことを思い出した。

たとえば、希祥が子供好きだったこと。

二人が無魔と命懸《が》けで戦ったこと。

妃七を助けるために、希祥が命を投げだしたこと。

「ったく、どうして泣くんだよ？」

今、泣かれて、ひどく困惑していることも知っている。希祥は子供の涙には弱いのだ。

「おい、上月、バトンタッチ……」

手に余った希祥が、横にいる上月に呼びかけて、言葉を失った。

「な、んでお前まで泣いてんだよ⁉」

上月の頬《ほお》も涙が伝っていた。

「いやぁ、まだ情緒不安定でね」

とシェルドン。

「情緒のないお前が、知ったかぶりするんじゃねぇ！」

と希祥が義父に返す。

「あはは……はは」

上月は泣きながら笑いだした。

たしかに情緒不安定だな、と上月は自己診断していた。

悲しくて、笑っている。

これは相当、まいってるな。

でもなんだか、おかしい。希祥の今の突っこみが、おかしい。

「ははは……」

なんて悲しいんだろう？　そう思っては笑い……

希祥の生い立ちを回想しては、涙がでた。

「あなたは……無魔なんかじゃないですよ、希祥さん」

上月は激しい感情の流出に翻弄《ほんろう》されながら、そう言った。

「あなた、人一倍、優しい『人』です」

そう言って、下を向いて……上月は泣き笑いをつづけた。

知ると悲しい、そういうことはたくさんある。

でも忘れなきゃ、と思うと一層悲しくなる。

どうしてなんだろう？　忘れたら、楽になれるんじゃないのか？

「お前が持ちだした案だろ!?」

と希祥は上月を責める。

そうなんだけど。と上月は心のなかで首肯《うなず》く。

でも悲しいのだ。


「で、どうするんだよ！　やるのかやらないのか!?」

希祥がイライラしだして、やっぱりこの人は短気な「人」だ、と上月は思う。

この人は人間だ。世界一短気な、ね。そう思うとまた泣けてきた。

「泣くな！」

ああそうか。きっと忘れたら、こう言えないから……悲しいんだ。

上月は、ある答えを見つけだした。

「あなた、無魔じゃ…ないですよ」

この言葉が言えなくなるから悲しいのだ。

だから、記憶のあるうちに、何度でも言っておこう。

何度も、何度も言っておこう。


あなたは、とても優しい魂を内包した、人です。

上月はまた泣いた。こんなに人前で泣いたの、何年ぶりだろう？　そう思いながら。

「くそっ！　人の家でメソメソしやがって！　お前ら、本当に俺のためを思って、ココにいるのか？　困らせてるだけじゃねぇか⁉」

たしかにそうだ。

希祥さんのためを思って、記憶を消そうと思ったのに。これじゃ、反対に困らせている。

「いやぁ、人間って複雑だねぇ」

とシェルドンが、のんびりと場にそぐわないコメントをだす。

本当だ、と上月は思う。人は複雑だ。「感情」があるぶん、割り切れないことが発生するから。

――模範解答だな、上月先生。

また……希祥の言葉を思い出す。

そうなんだ。僕の悪いクセだ。

本当は、忘れたくないんだ。

知っていても、なにもしてあげられないけれど……一人で悩んでいることを忘れてしまったら、彼はいつまでも一人で悩まなきゃならない。

それを思うとね、つらくなるんですよ、自分のことのように。

「勝手に泣いてろ！　言っておくが俺はイヤだぞ！　無魔に時間軸と記憶をいじられるのは、我慢ならねぇ！」

そんな……

「俺は反対だ！　わかったか⁉」

希祥はものすごく怒った素振りで、乱暴に部屋から出ていった。

びっくりしたのも束《つか》の間《ま》、上月は、その希祥のうらはらな本心に気づいた。

怒ったように見せかけて、でも本当は、ものすごく困っている。

動揺している。不安にもなっている。

これでいいのか？　そう悩みながら、でもこうするほうがいいって、決心したんだ。

「う～ん、よくわからない現状だ。どうなったの？」

とシェルドン。

そう、無魔にはわからないだろう。

「彼はね、譲《ゆず》ってくれたんですよ。我々が泣くから。覚えていることを認めてくれたんです」

と上月は説明した。

「……？」

「自分の弱味をね、僕と妃七ちゃんに預ける決心をしてくれたんですよ。ほら、オーケストラですよ、博士」

上月は言った。

オーケストラ。――――自分を卑下《ひげ》する心の表れ。

ダメだと思いつづければ、味方を遠ざける。
心をプラスに傾ければ、味方が助けてくれる。
心構え一つで……未来は大きく変化する。
「彼は味方を得るために、勇気を出そうとしているのかもしれないですね」
——味方を得るために……
「だから僕たちは、それに応《こた》えなきゃ……」
上月は想う。
見守ることぐらいしか、できないかもしれない。
ときには彼を傷つけるかもしれない。
自分も、傷つくかもしれない。
けれど、そんな痛みに負けたくない。
だから、彼の「勇気」を見習おう。
ああ——

彼を、美しく広い、オープン・シーのように、
さりげなく支えていけたなら、
どんなに素晴らしいだろう?

上月は気怠《けだる》さに抗《あらが》えず、瞳を閉じた。
彼は今、蒼《あお》く穏やかな海を、心の目で見ているのだった。

——おわり——

あとがき　ザ・談会！

お待たせしました。希祥《きしょう》の三冊目です。今回は「あとがき」が5ページもあるので座談会方式にしました。「私」一人が語るより、楽しいでしょう。ということで……GO！

作者「いやぁ、三冊目、出ましたねぇ。もう出ないいんじゃないかと思いました。ははは……」
希祥「ははは、じゃねぇ！　お前、遅いんだよ！　年に二冊の出版でシリーズが継続するか！　今回、何カ月待たせたんだよ!?　読者と俺の苛立《いらだ》ちを知れ～！」
上月《こうづき》「まぁまぁ、希祥さん……作者の胸ぐらを摑《つか》まないように」
作者「私だって、一生懸命、書いてるもん。出版できただけでもありがたいと思わな…」
希祥「うるせぇ！　そんな台詞《セリフ》は主人公《おれ》を幸福にしてから言いやがれ！　いや、姉さんを救出してから言え！　伏線だけ張って違うシリーズに移ったら、俺も読者も承知しねぇからな！」
作者「うう……辛《つら》いところを。そりゃ私だって希祥と苑望《そのみ》と、オヤジさん《シェルドン》はなんとかしなきゃと思ってるわよ。でもね、一冊、200ページちょっとじゃ、全部処理できないの」
希祥「オヤジは早くぶっ殺せ～！」
作者「それはどうかしら？　ともかく、先のことは今はまだ何も言えないわ。う～んと人気が出て、どんどん続きが出版できるといいわねぇ♡　でも、人気商売には秘訣があるの。コレを掴まないことには、希祥《あんた》の幸せも危ないわ。そこで、折り入って希祥の力を借りたいのよ！」

緊急議題(1)　ボーイズを超える新ジャンルを探せ！

作者「ファンタジーが流行《はや》り、ボーイズが流行り……はたまたミステリーが流行り、ホラーがブームになる。次の売れセンはなにか？　これがわかったらねぇ。希祥、教えてよ。2005年ごろに流行っているジャンルはなに？　時間軸、視《み》るのは得意でしょ？」
希祥「知るか！　流行におされて俺をボーイズの主人公にしたら、俺はお前をぶっ殺すぞ！」
作者「あははぁ～」
希祥「笑い事か――――!!」
作者「いやいや、笑い事じゃありません。けど今、これを読んでる人はきっと笑ってるって。ね？　笑ったでしょう？　あとがきを書いている今から、あなたが笑うまでには、かなりの時間差があるのだけれど、私は希祥の親なので、少々「未来干渉《かんしょう》」ができます。（未来干渉がわからない人は本文を読みましょう）でも次に流行するジャンルを掴むことはとても難しい。コレがわかれば、その要素が取り入れられる。↓人気は急上昇！　なぁんてね。ねぇ希祥、教えてよ。本当は知ってるんでしょ？」

希祥「ああ。それは……○ン○○○ョ○だよ」

作者「わ、わかるか――！　その盛大な伏せ字はなんなんだぁ!?」

緊急議題⑵　離れていく連中を中毒にしろ！

作者「売れセンのジャンルだけじゃなくって、今、もっと根本的な問題があるのよ。だから私は最近『魔女』になりたいと思うの」

上月「ほう？　魔女になってどんな魔法を使うんです？」

作者「さすが上月先生。魔女↓魔法とピンとくるあたりはさすがね」

上月「誉《ほ》められても嬉《うれ》しくないです。安直だし。だいたいこれは全部、貴方《あなた》の独《ひと》り相撲です。ピンとくるもなにもないでしょうに」

作者「……はは…そういう鋭い分析《ぶんせき》も、さすがね。笑いも凍りつくわ。で、どんな魔法かというと、世の中の人がみんな活字中毒になるというものよ！　一日一冊、文庫本を読まないと禁断症状が出て眠れないという恐ろしい呪文《じゅもん》よ！　マンガじゃダメなの！　これで活字離れした人々もまた書店へ殺到《さっとう》するわ！　どんなジャンルもみんな一斉《いっせい》に売れだして、作家の干上がった財布の中も潤《うるお》うのよ。ふふふ……」

上月「……相当、追い詰められていますね」

作者「私の心理分析はいいの！　別に魔女でなくてもいいわ。新種の麻薬を作るとか、キノコを栽培するとか、化学薬品を製造するとか……人工衛星から催眠《さいみん》暗示波を流すとか！　この際、手段は選ばないわ。みんなが中毒になるなら！」

上月「悪の女王のような台詞《セリフ》を。でも最近の若い人たちは、本当に本を読まないですからね」

作者「そうそう」

希祥「お前も、読まないしな」

作者「う……。」

緊急議題(3)　作者の夢診断やいかに⁉

作者「不景気のせいか、最近、イヤな夢を見たの。水槽に飼っていた金魚を、下水に落としてしまうの。急いで金魚を救いだすんだけれど……色がくすんでいてグッタリしてるの」

希祥「それはアレだな、気運が……」

作者「いやぁ〜聞かせないで！　どうせ悪いことに決まってるもん。近ごろ『エスカレーターや階段で下りる夢』も全然見なくなったし『魚釣りをする夢』もなくなったの。悲劇だわ！」
上月「希祥さん、階段やエスカレーターって下りる夢のほうが吉夢なんですか？」
希祥「ああ。魚も『幸運』の象徴で大きな収穫を暗示している。逆に魚を落とす夢は…」
作者「いやぁ〜聞きたくな――――い！」
上月「その…前から気になっていたんですが、それらの夢診断はフロイトの『夢判断』に記載されているんですか？」
作者「違うわ。マドモアゼル・愛の『夢の辞典』（大和出版）を参考にしているのよ」
上月「なんだ、そそ…そうなんですか？」
作者「これが、驚異的に当たるのよ！　あと、このシリーズを書くにあたって、井上昌次郎著『睡眠の不思議』（講談社現代新書）福島章著『精神鑑定とは何か』（講談社）、その他いろんな本に、新聞記事、音楽療法士さんの講座内容なども参考にさせてもらったわ。さいごに出版に際し休日返上で力を貸してくれた担当氏と、素敵なイラストを描いてくださった北畠あけのさんに感謝を♡」
　さてさて、独りザ・談会もこの辺で。

一冊の本は、たくさんの人々の熱意の集大成。その熱意が届きますように。
そして、新しい熱意を届ける未来が、すぐ近くにあることを祈って。

二〇〇一年　七月　　さくま　ゆうこ

この作品のご感想をお寄せください。

さくまゆうこ先生へのお手紙のあて先
〒101―8050　東京都千代田区一ツ橋2―5―10
集英社コバルト編集部　気付
さくまゆうこ先生

さくま・ゆうこ

11月22日生まれ。さそり座。O型。1999年度ロマン大賞佳作受賞。日頃は「勉強」といってマンガを読み、映画を観ている。たまに、「取材」と称して旅行へ行く。ハリウッド映画と古代遺蹟と未開の地が大好き。コバルト文庫に『1st・フレンド』シリーズ、『超心理療法士「希祥」』シリーズがある。

超心理療法士「希祥」
インランド・シー

COBALT-SERIES

2001年9月10日　第1刷発行

★定価はカバーに表示してあります

著者　さくまゆうこ
発行者　谷山尚義
発行所　株式会社　集英社
〒101−8050
東京都千代田区一ツ橋2−5−10
電話　東京　(3230) 6268 (編集)
(3230) 6393 (販売)
(3230) 6080 (制作)

印刷所　図書印刷株式会社

ISBN4-08-600012-1 C0193